礼拜日

史铁生 著

人民文学出版社
PEOPLE'S LITERATURE PUBLISHING HOUSE

图书在版编目(CIP)数据

礼拜日/史铁生著.—北京:人民文学出版社,
2021(2024.3 重印)
ISBN 978-7-02-015757-0

Ⅰ.①礼… Ⅱ.①史… Ⅲ.①中篇小说-小说集-中国-当代 ②短篇小说-小说集-中国-当代 Ⅳ.
①I247.7

中国版本图书馆 CIP 数据核字(2019)第 199813 号

责任编辑　朱卫净　杜玉花　李　殷
装帧设计　汪佳诗

出版发行　人民文学出版社
社　　址　北京市朝内大街 166 号
邮政编码　100705

印　　制　凸版艺彩(东莞)印刷有限公司
经　　销　全国新华书店等

字　　数　220 千字
开　　本　890 毫米×1240 毫米　1/32
印　　张　9
版　　次　2021 年 10 月北京第 1 版
印　　次　2024 年 3 月第 2 次印刷

书　　号　978-7-02-015757-0
定　　价　75.00 元

如有印装质量问题,请与本社图书销售中心调换。电话:010-65233595

目录

礼拜日　　　　　　　　1

中篇1或短篇4　　　　　　81

一个谜语的几种简单的猜法　　　　149

关于一部以电影作舞台背景的戏剧之设想　　　　189

礼拝日

最后到了现在，这个男人只记得那个女人对他说过一回："我就住在太平桥。"

他慢慢地把这句话又默念了一遍。这时候空中有了光亮，仿佛天在升上去，地在沉下去，四周的一切看得清楚了。不过当初忘了问她太平桥在哪儿。想到这儿他爬起来披上衣服，东翻西找从床底下抻出一本地图，弹去上面的尘土。横的竖的斜的弧形的街道密密麻麻，像对着太阳看一片叶子时看到的那些精致的网脉，不同型号的铅字疏密无秩又像天上诸多的星座。找不到太平桥。

夜里做了好多梦。夜夜如此。一个梦醒了又是一个梦，一个接一个一个接一个没完没了。都是很精彩有意思的梦，可是记不住。自己做的自己又记不住，天一亮就全忘了，光记得都很有意思，都很精彩。

有两个孩子在窗根下说话，一个总是说："哟——，真叫多哟!"另一个老说真长:"哎呀,真——长。"这声音随着安静的湿漉漉的黎明一同流进屋里,又干净又响亮,搅起回声流得到处都是。

他又拿起地图小心翼翼翻了一遍。还是没有太平桥这么个地方。有那么半支烟的工夫,这个男人认真地怀疑那个女人是否也是一个梦。为了这个愚蠢的怀疑,他叼着另外半支烟开始穿衣服,顺便在身上掐了一把,被掐的地方确实很疼。

这个男人第一次见到那个女人是在很久以前了,在一个朋友家。这朋友叫天奇。天奇的妻子叫晓堃,晓堃刚好是那个女人的朋友。 只一间小屋,似乎是说只有这一个世界,夫妻俩各占一角和自己的朋友倾心交谈——一边是"阿波罗登月以及到底有没有飞碟",一边是"要孩子还是不要孩子"。叽里咕噜嗡嗡嘤嘤,中间隔了三米飘忽不定的浩瀚宇宙,谈话声在那儿交织起来使空气和烟雾轻轻震动,使人形失去立体感。在两边的话题碰巧都暂停的时候,发现这屋里还有一座落地式自鸣钟,坦荡而镇静地记录着一段过程。这时男人和女人互相看一眼,既熟悉又陌生。叽里咕噜嗡嗡嘤嘤空气和烟雾又动荡起来,淹没了钟声。"既然我们可以到月亮上去,更高级的智能为什么不会到我们这儿来?""这已经不是问题了,问题是他们来干吗。"女人们还是说孩子:"要是让一个生命来了,你就得对这生命负责。""你也是一个生命,你也来了,谁对你负责?"……那是在他们的朋友刚刚结婚不久的时候。

第二次见面竟是在差不多十四年以后,在法院的大门口:

他的朋友和她的朋友在大门里的某个地方办理离婚手续。太阳又升起来，照着门旁的卫兵和灰色高墙上的爬山虎。爬山虎的叶子正在变红，不久以后将变成黑褐色然后在这一年里消失。他比她来得晚。

"是您？您还记得我吗？"男人问。

女人把他看了好一会："噢哟，有十好几年了吧？"笑一笑伸出手来。

"可不是吗，十四年了，"男人说，"他们在里头吧？"

"进去好一阵子了。"

"情绪怎么样，他们俩？"

"好像没有什么特别。看不出来。"

"到底怎么回事？"

"您指什么？"

"他们俩，怎么会闹到这一步？"

"怎么，您不知道？您是他们家的常客呀？"女人说。

"我这几年去得少了。总有事，也说不清有什么大不了的事。"

"最近又写什么呢？我看过您的小说。"

"是吗？"男人笑笑，退步到墙边的阴影里，太阳一直晃得他睁不开眼睛，"我也正在想我写的都是什么。"

女人也走到阴影里，两个人在法院对面的大墙下并排站着。爬山虎在风中轻轻抖动，整座墙都在动。每年的这个季节都有挺长一段好天气，鸟儿飞得又高又舒缓，老人和孩子的说话声又轻又真切。

"前些年他们倒总是吵,"男人说,"吵起来凶得一个要把一个吃了,恨不能吞了。"

"是吗?可真想象不出来。"

"我也不说谁更凶,半斤对八两。"

"嗯,我想是。我想准是旗鼓相当。"

"这几年好像不了,唵?好像不怎么吵了,是不是?"

"这两年他们可简直是相敬如宾。"

"是吗,这么严重?"男人说,"这我不知道。"

女人很快地仰起头看了男人一眼,头一回看得这么认真,这么不平静。

"要是这样就没什么可奇怪了。这就快完了。"

"已经完了,"女人说,"没办法了。"

大门里,也许是在白色的走廊上,也许是在别的什么地方,有一只钟,不动声色地走个不停。大墙下的阴影渐渐窄了。

"您得等他们出来吗?"男人问。

"得等。晓堃得有人陪她一段时候。您不吗?"

"不。我只是来看看,没什么事也没什么办法就行了。天奇最不愿意在他倒霉的时候有人特意来陪他。"

"男子汉,是吗?"女人说,语气不大客气。

他惊讶地扭转脸看她:"不,我没这么说。"目光磕磕绊绊地下移,停在她胸前的扣子上,"不过是各人有各人的方式,可能有的人更习惯一个人听听音乐,喝喝酒。"

"真多，哟——，真多哟！"

"真长，是吧？真——长。"

原来是一对双胞胎的兄妹蹲在窗根下数蚂蚁。两个孩子和一幕蚁群迁徙的壮观场面：千万只蚂蚁一只挨一只横着铺开纵着排开，一支浩荡的队伍弯弯曲曲绵绵延延不见头，每只都抱了一份口粮或一只白色的蚁卵，匆忙赶路。

孩子问一个过路人："它们在干吗呀？"

"大概是搬家。"

"干吗搬家呀？"

"也许是去旅游。"

"上哪儿去呢？"

"无所谓。说不定就是出去逛逛。"

"逛逛呀？"

两个孩子正正经经地想了一会儿，想蚂蚁出去逛逛的事，也想起自己出去逛过的事。一个男孩，一个女孩，几乎是同时来到这世上，之后在某一个早晨，父母打发他们到院子里去玩，在那个令人惊讶的窗根下，世界变得更真实更具体了，更美妙也更神秘。孩子的父亲有一回说起这两个孩子："本来没想这么早要他们。"这句话其实不能成立，如果晚要的话就不再是他们了，是另外的两个，或者一个，也没准是三个。年轻的父亲说："其实是一次失误。""失误？""以为是那种药，结果不是，是治感冒的。"这一失误不要紧，看起来是上帝的事，结果呢，就有两个灵魂在那儿认认真真地数蚂蚁了。不过数来数去还是

二十六、二十七、二十八、二十九、三十……

"嘿,你们俩怎么没去幼儿园?"

"今天是礼拜日!"

"给我说个歌谣,听见没有?说个歌谣。"

孩子不说,又强调了一遍礼拜日,语气神态都极虔诚,生怕这不是礼拜日。阴蒙蒙的天,湿润的空气中有煤烟味,萌动着淡淡的绿色。

男人又把地图册翻过两遍了,毫无结果。他站在屋子中央反复回忆着女人在说那句话时的表情,唯一可以确定的是他绝没有记错:是太平桥。背后的玻璃窗越来越亮,地上有了他模糊的影子。四壁间回旋着一连串空幻的噼啪声,是他把手指关节掰的响。

淡淡的绿色之中,有斑斑块块忧郁的鹅黄;当他离开家的时候,连翘花正在开放。那时节细雨霏霏,行人寥寥,什么时候杨树备下了新鲜的枝条,现在弯曲着描在天上,挂一串串杨花,飘飘摇摇如雨中的铃铛。单薄的连翘花,想必有一点苦味。在冬天里,在以往的日子里,譬如寂寞的黄昏,譬如夜里北风刮得门窗突突作响,那时你干什么呢?它们却已经准备好了有一天和你相见,在礼拜日的早晨,在路上。

两个人第三次见面是偶然碰上的,在夜行火车里。两个人从不同的地方回来,回相同的地方去。火车在夜里经过许多大站小站，一些人下去，又一些人上来。夜很长路也很长。人都稀里糊涂地睡，用大衣把自己蒙起来，也是因为冷，也是因为人睡着了样子都挺俗气，像傻瓜，像可怜虫。等到车厢里的灯光唰地灭了，窗外现出远山和田野上的雾。人们推开大衣，找白天的感觉，尽快使自己懂得这是在什么地方，什么年代。两个人醒了的时候互相发现了对方，原来一直面对面坐着，原来夜里还都听见过对方的梦呓。

"怎么会是您？"几乎同时说。

又几乎同时问："到哪儿去？"

回家。都是回家。大概就是在这时候，女人说起过她就住在太平桥，说得漫不经意，眼神恍惚还像在梦里。随后两个人又说起他们的朋友。

"这一宿睡得好吗？"男人问。

"那天，您刚走……"女人说，忽然瑟缩着望了望窗外。那儿，一团团淡紫色的阳光正在雾气中洇开。

男人不由得也朝女人望过的地方望去。

"那天您刚离开，他们俩就出来了，"女人说，回过头来，"哦，我睡得挺好，做了一宿梦。"她见男人望得那么专注，倒不知外头究竟有什么了。

"没什么。野外的早晨快给忘光了，"他也回过头来，望着她，仍似望着那片雾，"那天，我是怕碰上那种场面不知道该说什么。"

"还是您聪明。"

"我怕那种时候有别人在场,是不是好。"

"您干吗不也提醒我一下?"女人说。

"到底好不好我吃不准。谁也不知道谁是怎么回事。照我想天奇顶多一个人听听音乐喝几天闷酒,可他失踪了。"

"失踪了?您说什么,天奇失踪了?!"

"您还不知道?"

"什么时候的事?"

"那天之后我见过他一回,后来就不知他到哪儿去了。"

"怎么会哪,"女人说,"别人也不知道?"

"谁也不知道。有好久了。就好像忽然间没了。"

车厢里还很安静,有喊喊嚓嚓的低语声和火车的行驶声混合在一起。某一处行李架上吊着一只玩具帆船,和窗外雾气一个颜色一样朦胧。

"晓堃说,其实他们俩有一年多谁也不跟谁说话了。"

"她是怎么说的?为什么?"男人问。

"是天奇先有什么话都不跟她说的,她怎么知道为什么?"

"是吗?她这么说。"男人无可奈何地笑笑。

"他怎么说?天奇这家伙是怎么说?"

"这么问,咱们俩也快打起来了,"男人笑笑,这一回笑得挺宽厚,又说,"咱们俩要是吵起来,最后也是弄不清是谁先吵的。"

女人笑起来,突然停住又突然大声笑起来,终于醒了,又漂亮又有生气。在她背后不远的地方,那只玩具帆船有节奏地荡，像一只钟摆。

然后她觉得自己太放纵了。

"晓堃告诉我，"她说，"天快黑的时候屋里还没有点灯，她常乘天奇不注意半天半天地偷着看他，不是在看，是在读，读不懂他。"

"天奇也一样，真想把她读懂。"

"可她读了这么多年，还是没读懂。"

"天奇也是一样。"

两个人沉默了一会儿，看着田野村庄和太阳都在亮起来。

"刚才您说什么？做了一宿梦，您？"

"我要么整宿整宿失眠，要么睡着了就整宿整宿做梦。"

男人眼睛一亮："怎么您也这样？"仿佛他一直期待的就是这个，却又不期而至。

"您也是吗？"

"嗯，简直！"

"是——吗！"女人含笑甩一下头发。

"我平生最遗憾的一件事，不，是之一，最遗憾的事之一就是所有我做的那些千载难逢的好梦全都记不住，"他想了一下，看见女人的目光一直没有离开他，"吹个牛吧，要能记住哪怕十分之一，我的小说就会写得比现在强一百倍。"

女人笑得又倾心又着迷："我的梦倒是全都能记住，您先听我说，可我一点儿都不懂我怎么会做那样的梦，稀奇古怪简直不着边际。"

"说一个行吗？"

"譬如，我梦见自己长了条尾巴，上面全是鱼鳞。"

"还有呢？"

"我浑身湿淋淋的冷得发抖，到处不见一个人。"

"嗯。然后呢？"

"记不清了。好像是……不行，实在是忘了。"

男人把一支烟捏来捏去，想这个梦，把烟放在鼻子下闻，把烟捏软了从中抽出烟梗。这期间女人做着自己的事，但注意力都在他那儿。

"这样不行。"男人说。

女人立刻停下手里的事。

"光说这么一点儿不行，"他把那支烟点着，透过烟雾看了她一会儿，"有一种释梦的方法，您知道吗？"

女人坐在太阳里。还有她背后那只帆船，也被太阳染成金黄，安安静静，飘飘荡荡。

有个养鸟的老人坐在一块大树根上。树早不知道被运到哪儿去了，说不定已经被做成了什么。鸟笼子挂在离他一箭之遥的几棵小树上，这样他觉得跟他那些鸟更近了，每一只的叫声都意味着什么就更清楚了。

女人对年仅十四岁的女儿说："那么你觉得什么有意思呢？"她把"有"字说得又长又重。

女儿背对母亲站在阳台上,不停地踢脚下的水泥栏杆。

"我想,"母亲又说,"总还有些事是有意思的。总会有些事你觉得有意思吧?"

女儿仍不回答,低头瞧瞧自己的鞋尖儿,不踢了。

"譬如,你喜欢什么,爱好什么。再譬如说,你想没想过将来要干什么呢?"

女儿做了个不耐烦的表示,又开始踢栏杆。

"哪能觉得什么都没意思呢?你刚这么小,你才十四岁……"

女儿转身走进屋里去,经过厨房时把什么东西碰了一下,然后是嘭的一声门响。

夜晚漫长得失去节奏。楼下,松墙围起来的空地上孤零零地坐着一个雪人,屋子里静悄悄的,自来水管不时轰隆轰隆响一阵。听不见女儿在干吗,女儿仿佛不在家。女人站在阳台上,站到月亮升高了,她使劲裹了裹身上的衣服。雪人正在消融。

过厅里的水仙花悄悄开放。六片白色的小花瓣,不引人注目。

她推开女儿的房门。一束橘黄色的灯光里,女儿懒洋洋地倒在床上看小说,四周都暗。桌上摊开一大堆作业。"你怎么才回来?"女儿问她,没有抬头。一瞬间,她也觉得自己刚从一个遥远的地方回来,风尘仆仆。

她定了定神:"我记得从你一懂事我就跟你说,而且一直是这么说,我们首先是朋友,其次才是母女。"

女儿放下小说坐起来，开始踢桌子腿，很抱歉地对着母亲打了个哈欠，低下头，不停地踢着桌子腿。

"无论你想什么，"母亲说，"你都可以跟我说。"

"不管是什么，你都可以说。"母亲说。

"怎么想都没关系。我们首先是朋友。以前你不是有什么都跟我说吗？"

"我没想什么。我就是觉得没意思。"

"什么？什么没意思？"

"什么都没意思。"

"像我这样呢？像妈妈这样每天都能治好很多人的病，救活很多人呢？有意思吗？"

女儿摇摇头。

"也没意思？"

"不是，我是说我也不知道。"女儿又是那么抱歉地看着母亲。这时候只要母亲多露出一点伤心的样子，女儿就会改口，但那就更不是真的。

水仙花的幽香一阵阵流进屋里，若有若无。

男人说："您总算还记住了您长过一条尾巴，可我，所有的梦都记不住。"

"您别笑，"他又说，"为了回忆起那些梦，您不知道我白白浪费了多少个白天。"

"想起来多少？"她问，兴趣很浓的样子。

"总在快要想起来的时候,忽一下又全没了。"

"既然您说的那种释梦的方法,可以把忘记的事引导出来,您干吗不自己试试?"

"自己跟自己?"

"那怎么不行?行吗?"女人的目光里抱着相反的期望。

"就是说,自己想跟自己说什么就说什么,是吗?好主意。自己跟自己胡说八道一通,同时自己听自己胡说八道一通,然后一本正经地去吃喝拉撒睡,井井有条,您这主意好。这一下就太平无事了。您信不信?要能这样,世界上就保险什么问题都没有了。"他每说一句,她就笑得更厉害一点。

"也许您行,"男人又说,"噢,这么坐着可真他妈冷。"

天空光秃秃的,展开在树梢上,树枝细密如烟,鸟儿寥寥落落地叫。

"天奇还没有回来?"

"无影无踪。"

不知在什么地方,或许有一个年轻的樵夫,远远的有清脆的劈裂声传来。细听,又像没有。

"其实这方法本身倒是挺不错,不必非释什么梦不可,"女人说,然后突然被自己的想法震动了,变得生气勃勃,"要真能那样可真不错,想说什么就说什么,说什么都行。"

"自己跟自己?"

"当然不是。互相,人和人互相,想说什么说什么。"

"说什么?"

"就按您说的那个释梦的方法，百分之百怎么想就怎么说，"女人惊愕地看着男人，仿佛想了一下遥远的往事，"啊？您说是不是？是不是挺棒的？"

"是挺不错，倒是挺不错的。"男人故作镇静。他讨厌故作镇静，在这个意义上他羡慕女人。

"真太棒了，"女人说，"嘿！其实我觉得那真太棒了！"

"不过你也许没明白，我说的百分之百是什么意思，"男人站起来使劲跺脚，"噢，咱们蹓蹓吧，脚都冻麻了。"

方砖小路，干冷，空净。老麻雀瑟缩着时起时落，熬着冬天。轻轻的劈裂声，很远。

"我当然明白。真的，我确实觉得那太够意思了。我明白你说的百分之百。"

"连自己挺糟糕的念头也能说。"

"就是就是，连那些丑恶的想法也可以说。"

"连那些有失尊严的事。"男人说。

"甚至一闪念的罪恶心理。可惜我一会儿还有事，"她捏着手表算了一下，又抬起头，"嘎，那可太棒了！真是太棒了。"

"我不知道你是怎么理解百分之百的。"

"甚至胡说八道都行。"

"对对对胡说八道。胡说八道都行，只要想。"

"其实人需要有这样的时候。"

"需要这样的机会。""太需要了。""真是，要是老那么戒备森严的……""老那么仪表端庄的受不了。""就是，太受不了。""等于自找苦吃而且……""其实没必要。""而且，对了，根本没必要。""况且活得就够不容易的了。""还得提心吊胆小心谨慎，他妈的要是那样还不如……""不行，我的时间快到了。""我是说，要是那样还不如谁也不认识谁。""对了，那样倒还好受，说不定。""要不就什么都可以说，不必在乎。""什么都行，完全随便，再说……""谁也不用担心说得不合适。""再说人和人太需要这样了。""太需要了。""其实非常需要。"

"我不知道你是不是觉得这样挺棒的。"

"是挺棒的。"

"其实是挺棒的。"

"甚至包括心里一些阴暗的东西，都可以说。"

"都可以。""连他妈的一些绝对算不上高尚的想法。""都可以，全都可以。""连一些他妈的……嗵，我今天脏话真多。""这挺好，真的，骂得又真诚又坦率。""是吗？""当然，人有时候得想说什么就说什么。""是。""想怎么说就怎么说毫无顾忌。""谁也不怕谁看不起，因为谁也不会看不起谁。""嗽！我就是这么想的我正要这么说呢。""一套一套的礼貌让人发晕。""没错儿没错儿，晕过去，而且不是心理的简直是生理的。""生理的，直接恶心你的肠胃。""唉——，我真得走了，下午还得上班，还有一个手术得做。"

黑色的树干成群地默立，徒然高举着密匝匝的枝条。老麻雀出没其间。还有冻硬的土路，在林间蜿蜒，挂一层往日的苔薜。果真有一位樵夫的话，必是一位年轻的樵夫，清脆的劈裂声响在苍白的天空里。

"天奇会上哪儿去呢？"她问。

"不知道。"

"没再问问别人？"

"没人知道，"男人说，"谁也不知道。就像写小说。"

"像写小说？"

"上帝把一个东西藏起来了，成千上万的人在那儿找。"

"找什么？"

"问得真妙。问题就是，不知道上帝把什么给藏起来了。谁也不知道。"

"或者是一位号手。果真是一位号手的话，肯定是位年幼的号手，手艺极不精到，躲在哪一片灌木丛里不知疲倦地吹着，把清脆的劈裂声吹给空旷的冬天。"

在冬天的末尾，鹿成群结队北上，千里迢迢日夜兼程。在北极圈附近，它们要涉过冰河赶往夏栖地。太阳的角度变了一下，它们感觉到了。冰河已经解冻，巨大的透明的冰块在蓝色的激流中漂浮旋转、翻滚、撞击，野性的呼喊震撼着冻土，沿着荒莽的地平线一直推广到远方的黑色的针叶林，在那儿激起回声。鹿群惊呆了。继而嘶鸣。听不见。全是浪声，浮冰的碰撞声和爆裂声。

十四岁的女孩子，心怦怦跳，为那些可爱的鹿担心。"不能等冰化完了吗？"她心里说。

不能等了。鹿群镇定下来，一头接一头跳入冰河，在河那边，有整整一个夏天的好梦。它们游泳的姿态健美而善良，又心焦又认命。巨浪和浮冰不怜悯任何一点点疏忽，连偶然的意外也不饶过。

过道的门响，妈妈回来了。

每年的这个时候，在这条河上，都有些美丽的尸体漂散在白冰碧浪之间。有些已经年老，有些正年轻，有些尚在童年。美丽的河上，自古以来就渴望这些美丽的灵魂……

妈妈回来了，再说也不想再看，她关上电视机。

"今天是礼拜日，想看就看吧。"妈妈在厨房里说。

女孩子已经走到街上。

她在街上整整逛了一个下午。吃了十二根冰棍；踢遍了路边所有的邮筒；替一个老太太买上了电影票，老太太挤不到人堆里去够不着售票窗口；买了一份报纸看，看完忘记丢在了哪儿；然后在马路牙子上走，至少走了有两站地才掉下来；最后来到一片空场上看别人驯鸟，那鸟叫蜡嘴雀，飞起来可以一连叼住主人抛上半空的三颗骨头球，她跟在人家屁股后头问人家那鸟要多少钱才卖，人家顾不上理她因为她年纪太小。驯鸟的人走了，围观的人群也都散了，她还在空场上坐着不想回家。

这时候，那个老人向她走来。老人把鸟笼挂在远处的几棵小树上，走来找他那块大树根，看见这小姑娘正坐在上面。

细雨无声，且无边际。男人一路走一路打听，问了多少人都说不知道太平桥在哪儿？"太平桥？不知道。"把他上下打量一番摇摇头走开。

　　灰色的天底下几条灰色的小街。他站在街口，还没拿定主意怎么走，已经听见路面上响起一个人孤独的脚步声，才知道是自己的，细雨无声，无边无际。

　　河水流过城市的时候变得污浊，解冻的一刻尤为丑陋。但春天的太阳在哪儿都是一样，暖和而又缥缈。

　　"你那些梦，怎么样，想起一点儿来没有？"

　　"没有。一点儿也想不起来。记性坏透了。我甚至有这样的时候，到很远的地方去找一个人，东打听西打听等到了地方却一点儿也想不起为什么要来了，只好又回去。"

　　女人吃惊地看着他，然后又看着那条河。

　　"写起小说来也常这样。兴致勃勃地写，兴致勃勃兴致勃勃，忽然间，假如意识真像一条河流的话这时候准是遇到一片沙漠，全被吸干了，既想不起为什么兴致勃勃，也想不起为什么不兴致勃勃。想一个下午也想不起来。"

　　"可还写？"女人说，带着同情。

　　"可还写，"男人说得漠然，"像是上了贼船。"

　　正在消融的冰雪像一团团陈年的棉絮，在河上缓缓浮游。清新而凛冽的空气中，或者是太阳里，一缕风琴声重复着一首儿童的歌。

"我不知道你是不是还……"男人正要说什么,被女人打断了。"唉——,都这样。"女人说。

"什么都这样?"他问。

"都是不知道为什么,可还干。"

"好像是,为了,晚上,"他一步一步推想着,"睡觉的时候,睡觉的时候你得能觉得,觉得自己还是干了点儿什么的。就这么回事。"

"干了点儿什么呢?"

男人点上一支烟。风琴声无比宁静。这附近应当有一所小学校。应当有一个梳辫子的年轻女教师,在练琴。

"我不知道你是不是……"男人要说什么又被女人打断了。"那天我们抢救一个病人,"女人说,"在抢救之前我们就知道,即使救活了他也肯定是个白痴,甚至又傻又瘫。"

"活了?"

"活了。"

"怎么样?"

"跟我们抢救之前知道的一样。"

"混蛋你们。"

"可在医学上,这是场出色的抢救。"

"说不定正有人把它写成论文呢?"他说。

"这样将来的抢救才可能更好,不傻也不瘫。"

男人抽着烟不说话。

女人说:"你不能不说,这是个站得住的理由。"

她又说:"只要你不再往下想。只要你不再想那个被救活了的人。只要你不想,一个人,即便不瘫不傻又怎么样。"

"我不知道你是不是还对我们上次说的事感兴趣?"男人终于说,说得很快很突然。

"什么?哦,当然。"

"我想你没准儿已经觉得没劲了吧?"

"没有。"

"可是看样子你兴趣不大似的。"

"没有没有,我还怕你觉得没劲了呢。"

"你还觉得那样很棒吗?"

"没有。哦不不,很棒,还觉得很棒,我是说我没有兴趣不大似的。"

"你好像在想别的。"

"噢——,我在听这琴呢。"她说,声音很轻,伸起一个指头指一下,阳光里的琴声仿佛都集中到她这个指头上。

无缘无故地相信那是一个梳辫子的年轻女教师,在练琴。礼拜日,孩子们都回家了,她独自走进教室,在这之前她梳洗过了,现在坐在琴前,按动琴键,满室阳光,一排排小桌椅如同所有的男孩子和女孩子……

"其实不对,我知道了!"她霍地转过身来看着他,"不是得能够觉得自己还是干了点儿什么的,不是,不是这么回事。"

"嗯?说呀?"

她又想了一下:"是得能够觉得,自己是还干了点儿什么的人。差一个字懂吗?"

半晌,男人张着嘴,让烟自己一点点儿冒出来。两个人一块看着那烟一点点儿冒出来,飘散。然后男人说:"懂。只差一个字,可意思差多了。"

"是吧?"女人说,像是解开了一道题那样有点轻松。

"这样就可以睡一个安稳觉了。"男人说。

"这样早晨起来一出门你就能结出一层硬壳把你罩住,防着有人看不起你。"男人说。

"如果你觉得有人看不起你……""如果有人看不起你你就想一下,我是还干了点儿什么的人。""对对,就这么回事。""如果再有人看不起你你就再想一下,他还不知道我他妈的是作家呢,或者是他妈的别的什么呢。""就是就是,就是这么回事。""你就瞧机会让他知道知道。"女人连连点头,笑着。"可是他妈的人家先让你知道了,人家是干了两点儿什么的人。"女人笑得厉害。"得,你就下决心跟傻瓜似的没日没夜地干吧,干两点儿干一百点儿让他妈的谁也别瞧不起咱们。""最后连自己是什么全忘了。""不不,没忘,是干了一百点儿什么的人。""一百点儿什么呀?""对了,就是这个,他妈的老闹不清楚。"

"唉——,硬壳。"

"盔甲。"

"我是用假面具这个词儿。"

"嗯——!这词儿好。假面具。这词儿好。"

"因为你还得能随时换一套。"

"嗯——！有时你得装得像是满腹经纶不动声色，有时候，又得装得豁达大度虚怀若谷。"

"或者是信心百倍毫不含糊。""或者是稳重，他妈的我得深沉点儿显得有分量。""还有乐观，虽然一会儿你没准儿想自杀。""还有幽默，不过幽默是没法儿装的，一装就像傻瓜。""还有坚强，还有和蔼。""假面具，这词儿真他妈用得棒！""装得浑身酸疼，晚上往被窝里一钻盼着天别亮。""你还得装得就像根本没装。""装得像是根本不会装。""装得像是最讨厌装的人。"

"那……咱们俩呢？"

"咱们俩要是不装怎么会知道得这么清楚。"

"真他妈对。"

琴声。一阵快板之后又是慢板，缓缓如伴流云。河里，云在走水也在走。有几个孩子，来到教室外面的窗根下，心想这是什么歌呢？他们一个驮一个，轮流扒着窗户往教室里看。女教师闭上眼睛弹，沉醉在自己的琴声里。孩子们想，明天就要学这支歌了，明天……

"好多年以前，晓堃就说，得找一个把所有假面具全都摘下来的地方。"

"那时天奇也是这么说。"

"全摘下来，休息休息，得有一个能彻底休息休息的地方，那时她说。"

"那时天奇也是这么想的。在那儿你怎么想的就怎么说，你是什么就是什么,用不着防备。"

"用不着维护尊严。"

"主要是用不着维护。"

"维护可太累了。"

"因为在那儿压根儿没有丢人这么个概念。"

"嗷,那可太棒了。不过可不是在一个没有人烟的荒岛上。"

"当然不是。嫦娥其实是被罚到广寒宫去的。"

"可是据说,他人即是自己的地狱。"

"可你别忘了,在哪儿碰到地狱,在哪儿才可能找回天堂。"

"广寒,唉——,这名字。"

"'阿波罗'带去了人的标志,金子铸成的一个标志,上面是一对赤身裸体的男女。"

"那时晓堃说,连男女之间那种赤裸的相见都是为了这个,为了彻底的自由,彻底的理解。"

"至少,你觉得男女之间那种事很美主要是因为这个。"

女教师弹琴,一直弹到月亮升起来。几个孩子趴在月光里,听得入迷。树影轻摇,弄不清这琴声来自哪里。

女人说:"嗷,我又记起一点儿我的梦来了。"

男人在夜色里看着她。

"我走出森林,"她说,"走下山,走下山然后走出森林……"

第二天,孩子们坐在教室里学那支歌。女教师弹着琴唱一句，孩子们跟着琴声唱一句。唱的是五月，到河边去，看紫罗兰开放。来吧亲爱的五月，给树林穿上绿衣，让我们在小河旁，看紫罗兰开放。我们是多么愿意，重见到紫罗兰……

十四岁的女孩子和那个养鸟的老人认识了。一老一少坐在那块大树根上，谈得挺投机。她问老人，他的鸟叫什么名字。老人说，是画眉。

"您有蜡嘴雀吗？"

"没有。你有？"

"我也没有。我看见有一个人有，蜡嘴雀飞起来，那个人就把三个骨头球儿扔上天去，蜡嘴雀就这么在半空里嗒嗒嗒把三个骨头球儿全叼住，飞回来吐在那个人手上。您干嘛不养蜡嘴雀呀？"

"我喜欢画眉。"老人说，觉得这孩子眼熟。

"我问那个人那只蜡嘴雀要多少钱才卖，那个人没听见。"

"人家不会卖。"

"再说我也买不起呀。我就是问问。蜡嘴雀可真不错。再说我也没钱。"

"你要是想买本正经书什么的，你妈大概多少钱都给。"

"哎？您怎么知道的？"女孩子惊奇地看着老人。老人笑笑，觉得她这神气可真熟悉。

"我妈是个老朽。"她开始用脚后跟磕那树根。"我呢？"老人说。

"我看您还行。我妈是个老朽,连我给同学写封信都不行。"
"给男同学写还是给女同学写呀?"
"男同学,怎么了?!我们光是谈学习上的事。您不信?"
"我干嘛不信呀?我信。"

礼拜日,母亲一个人待在家里,不知道女儿上哪儿去了。她打扫了一下女儿的房间,又找到女儿的书包看了看女儿的功课。夏天来临了,一只小蜘蛛在纱窗上飞快地爬。她弹了一下纱窗,小蜘蛛立刻拉起一条长丝滑下去,不见了。然后飞来一只蝴蝶。

在其他的地方也有蝴蝶。在山里,在山脚下开满野花的坡地上,在沼泽,在河的源头,在遥远的不为人知的地方,也有蝴蝶。也有小蜘蛛。

两头幼狼蹲在草丛里,热切地观察着这个世界,有一种使命感。

男人还在四处打听太平桥,差不多从城东走到了城西,从早晨走到了中午。

"这没什么,依我看这没什么。"老人对女孩子说。她从那块树根上跳下来,一会又坐上去。

"我十岁时就喜欢上一个十岁的小姑娘,"老人说,"现在我还记得怎么玩'跳房子'呢。"

"我们可光是谈学习上的事。"女孩子说。

"把一块石片扔进'房子',双腿叉,单腿跳,把石片踢进所有的'房间'不能压线。对不对?"

"我可不是光玩。您爱看小说吗?"

"年轻的时候爱。"

"作家可真了不起,一会儿让你整天都高兴,一会儿让你整天都……唉,说不出来的那么一股滋味儿。"

"我们那时候都十岁——我,和那个小姑娘。倒不是因为'跳房子',是因为她会唱一支歌。"

"什么歌?您唱一个,我看我会不会。"

"头一句是,"老人咳嗽一下,想了想,"当我幼年的时候,母亲教我歌唱,在她慈爱的眼里,隐约闪着泪光。"老人唱得很轻,嗓子稍稍沙哑。

"下面呢?"

老人想了一会,说:"你得让我好好想想,好些年不唱了。"老人又想了一会,说:"这么着吧,回头我好好想想,想起来告诉你。"

"这歌挺好听。"她说。

"噫——,得你们这样的唱才好听呢。"老人看着她,终于明白她像谁了。"那大概是在过一个什么节的晚会上,舞台的灯光是浅蓝的,她这么一唱,那些小男孩都不嚷嚷也不闹了。"

女孩子得意地"嘿嘿"笑,看着老人。

"在那以前我几乎没注意过她。她是不久前才从外地转学到我们这儿的。"

"那些小男孩，也包括您吧？"

"那时候我们都才十岁。晚会完了大伙儿都往家走，满天星星满地月亮。小女孩们把她拥在中间，亲声密语的一团走在前头。小男孩们不远不近地落在后头，把脚步声跺出点儿来，然后笑一阵，然后再跺出点儿来，点儿一乱又笑一阵。"

女孩子又从那块大树根上跳下来，站在老人对面，目光跟着老人的手势动，想象着，在这个世界上还没有她的时候所发生的事。

"有个叫虎子的说，她是从南方转来的。小不点儿说，哟哟哟——，你又知道。有个叫小不点儿的。虎子说，废话，是不是？小不点儿说，废话，南方地儿大了。小男孩们在后头走成乱七八糟的一团，小女孩都穿着裙子文文静静地在前头走。那时候的路灯没现在的亮，那时候的街道可比现在的安静。快走到河边了，有个叫和尚的说，她家就住在桥东一拐弯儿。虎子说五号。小不点儿说：哟哟哟——，你又知道了。虎子说，那你说几号？小不点儿说，反正不是五号，再说也不是桥东。和尚说，是桥东，不信打什么赌？小不点儿说，打什么赌你说。他让和尚说。和尚说打赌你准输，她家就在桥东一拐弯那个油盐店旁边。小不点儿又说，哟哟哟——五号哇？和尚说五号是虎子说的，是不是虎子？他问虎子。虎子说，反正是在桥东。小女孩有几个回过头来看，以为我们这边又要打架了呢。"

女孩子笑着："打架了吗，你们？"

"没有。"老人说。他在想，那支歌再往下是怎么唱的呢？他在心里把前面的又唱了一遍，可再往下还是记不起来。

"我喜欢虎子。"女孩子说。

"是吗？"

"我不喜欢小不点儿。"

老人看着她，觉得她们长得太像了，说不定世界是在反反复复做着同一件事。

"不过……"女孩子想了想，"没准儿我也能喜欢小不点儿。我也不知道。"然后她问老人："她们家是住在桥东吗？"

"是。"

"是桥东一拐弯儿的油盐店旁边吗？"

"是。哎哟，时候可不早了。"

"是五号吗？"

"记不清了。我得回去了，家里还有几只鸟呢。"太阳还没有落尽，月亮已经出来了。

"明天您还来吗？"

"我没有别的地方去。我是个老朽了。"

"不过我看您还行。"

男人和女人频繁相见的时候，远方的鹿群早已来到夏栖地。它们贪婪地吃着青草和嫩枝，一心一意准备着强壮的体魄，夜里也在咀嚼。与此同时，可爱的幼狼也在盼望着长大，不断嗅着暖风里飘来的诱人的气息。

对一个人来说，这个星球还是太大了。在这个椭圆的球面上，每时每刻都发生着数不尽的似乎是绝不相同的事情。虽然对宇宙来说这个星球小得可以忽略不计。

在这个季节，城市时而在烈日里喧嚣，时而在暴雨里淹没。

暴雨倾泻的时候两个人站在城郊的山冈上，站在两顶雨伞下，周围只有雨没有别的。只有雨声，只有被雨激起的泥土味草木味，没有别的。只有两个人站在雨里，其他什么都没有。

"你觉得那样可能吗？你觉得两个人无话不说，这可能吗？"

"我觉得那样确实挺好的。"

"我没说不好。可你觉得这可能吗？"

"你觉得不可能？"

"大点儿声，你说什么？！"雨声很大。

"我说！你觉得不可能吗？！"

"我不知道。不过我想照理说应该是可能的。"

"照理说怎么啦？！"雨声很大，雷声也很响。

"照理说！我想应该是可能的！"

"照理说。是呀，照理——说。"

"不对吗？"

"我不是说不对。对。可实际上呢？"

"我说的就是实际上。实际上能吗？你觉得。"

"我觉得我能，我不知道你。"紧密的雨点打在伞上像是敲鼓，很响。"我说我觉得我能！我不知道你？不知道你觉得能不能！"

"我没问题，我一直希望人和人能这样。"

"我也是。"风声，或者是漫山遍野草木的欢呼声。"我也是！一直觉得那样非常难得！"

"光说好听的高尚的光明的，那很容易。"

"那还叫什么无话不谈呀？那没劲。"

"那样的话到哪儿说去都行。"

"大声点儿！我没听见！"

"我说！要说那种话到哪儿去说都行！"

雨声，雷声，山下的水声，大极了。

"就是，到哪儿去说不行啊？何必……"

"人这一生中，绝大多数的时候倒像个囚犯。"

"什么？！"

"我说人活一辈子，倒是像个囚犯的时候多，不能乱说乱动。"

"就是。我说你说得对！我常常觉得我自己就像个囚犯，这个世界处处得小心！"

"所有的人差不多都像囚犯。"

"又都像看守。"

"嗐，说得太对了。不过看守更是囚犯，看守更得随时小心着，更没有自由。"

"噢！我还没想到这一层。"

"是不是？"

"是。所以好多年以前晓堃说,人干嘛非要爱情不可?就是为了找一块自由之地。"

"那时候,天奇也这么说。"

"在那儿谁也不是囚犯,谁也不是看守。"

"彻底自由,互相又彻底理解。"

"不对不对,是因为互相彻底理解,才彻底自由。"

"是是,天奇也是这个意思。"

"唉——,为什么不能那样呢?"

"为什么不能?龟孙王八蛋的,我说能!"

"嘿,我能不能也骂一句人?"

"你说什么?!"

"我说!我也想像你那样痛痛快快骂一句!"

"什么你说?!"

"咳呀——!"

雨又紧起来。雨大一阵小一阵,两个人等这一阵过去。

"说吧。你刚才要说什么?"

"没什么。"

"不对!你想说就应该说!"

"我说,我也想骂一句人,行吗?"

"当然可以。"

"有时候真想也像你们男人那样使劲骂一句。"

"骂吧,我听着。这太棒了,冲着全世界骂。"

女人笑着。

"骂呀？"

"可骂啦？非常非常难听的？"

"非常非常响亮的。我洗耳恭听。"

"真的？"

"真的。骂呀？"

暴风雨里响彻了女人的笑声。"这就行了，这已经就行了！"笑声又纯正又疯狂。

这时候女儿坐在教室里。老师的课讲完了，离下课时间还有几分钟，老师出一道智力题给全班的学生。"世界上有几种人？要求十秒钟回答。"学生们抢着回答。有说三种的：黄、白、黑。有说五种的：白、黄、棕、红、黑。老师笑笑："两种，同学们，两种——男人和女人。下课！"

雨小了，渐渐看清了城市，不久雨停了。

"你的女儿还是那样觉得什么都没意思吗？"

"还是那样。唉——，还是那样。"

两个人穿大街过小巷。一路上有人跟他打招呼，也有人跟她打招呼。一会是她不得不停下来跟人应酬几句。男人在一旁等着。一会又轮到他必须跟几个人点头微笑，女人站得远远的听不见他们说什么。

在一处安静一点的冷饮店里坐下，两个人都有一种重返尘世的感觉。屋子里很凉快，有隐隐约约的钢琴声，旋律很简单。窗外是轰轰烈烈的太阳，是河水一样翻涌的人流，无数鲜艳夺目的阳伞在上面漂浮,像碰碰车那样碰来碰去似乎没有目标。

"不是出了什么事吧?"女人问。

"没有,"男人说,"这是礼拜日。"

饮料的泡沫响起一片沙沙声。

在有地毯的屋子里,人们的谈话声都显得温文尔雅,动作都小心翼翼,表情都不过分。只有一个小孩出声地嗍着一块雪糕,吃得醉心掩饰不住自己的愉快,母亲在告诫他。他不断扭转身子盯着所有桌上的所有好吃的东西,奇怪别人为什么都不喜欢吃,一边把自己的雪糕吃得满身满脸都是。母亲强压着怒火在轻声告诫他。

"我想,我们说过的那些话,你最好别对别人说。"女人对男人说。

"当然。我不会对别人说的。"

"不是最好,是绝对,绝对别对别人说。"

"放心,我懂。"男人说。

"你懂什么?"

这时服务员把点心端来了。两个人看着服务员把点心一碟一碟放在桌上,又沉默了一会,估摸服务员已经走远。

"你懂什么?"

"别人也许不会理解。我们说的那些话恐怕很少有人能理解。"

"不理解就会把这想得很坏。"

"其实是很高级的事,要是能理解的话。"

"不过你别跟别人说。"

"这我知道,这你放心。"

"对谁也别说。"

"当然。我还能对谁说呀?"

"就连你认为能够理解这事的人,你也别说。"

"你放心好了,没问题。"

"我跟你说那些话是因为我对你特别信任。"

"那你就信任我吧,我不会对任何人说。假设我要对谁说,我也会事先征得你的同意的。"

"不,对谁也别说。"

"我是说假设,假设我要对谁说我也会……"

"别假设,连假设也别假设。就是对谁也别说就够了。"

"那好吧。"

那个小孩的雪糕吃完了,磨着母亲再去买一块。母亲低声斥责他:"看下回还带你来吗?下回哪儿也不带你来了。"小孩只想再吃一块雪糕,完全顾不上下一回的事。母亲又去买了一块回来,小孩继续吃得津津有味。"下回还带我来。""不带。""带!""你这么不听话。""带!!""好好好,那你听话。"小孩赶忙坐得端正些,像大人那样长出一口气由衷地看着母亲,不再把雪糕嘬得那么响。

"也许真的是不可能。"

"我绝不对任何人说就是了。"

"也许只有两个完全不相识的人,才能想什么就说什么。"

"完全不相识?"

"你不知道我是谁,我也不知道你是谁,说完了,你走你的我走我的。"

"你还是不相信我。"

"我认识的人你都不认识,你认识的人我也都不认识。说完,各走各的路。"

"你还是不相信我,这我可没办法。"

"我不是这意思。我愿意相信你。"

"你呢?你会把这些事跟别人说吗?"

"我?我当然不会。我怎么会?"

"那好,你就像相信自己那样相信我吧。"

街上,沥青马路被晒软了,留下车辙和脚印。一把钥匙嵌进路面,不知是谁丢的。

母亲不在家,女儿也不在家。过厅里的吊兰垂下柔韧的枝条几乎抚到地面,开着白色的小花。傍晚的阳光在窗帘上布满橘红,窗帘微微飘动。厨房或是厕所里,传出有节奏的滴水声。不久,那座落地钟简单地敲了一下,分针叠在"6"上。

老人继续给女孩子讲他少年时的故事。

"她家确实就在桥东,油盐店旁边,两扇脱了漆皮的小门。门常开着,门道里总停着一辆婴儿车。我家住在桥西。打那儿以后我挺愿意帮家里去打酱油。沿河边走一阵子，过了石桥，到那个油盐店去就得经过那座小门。有时候能瞅见她在门道里哄着弟弟玩。打完酱油我就把装满油瓶的草篮子搁在她家的台阶上歇歇。她瞅见我说：'你又买酱油呀？'她在门道里踢毽儿，一把薅住踢在半空的毽儿走过来瞅瞅，说：'买这么多呀？'我说我们家人也不知怎么回事儿，特别能吃酱油。"

女孩子被逗得笑："真是吗？"

"为了证明这个，我打开一瓶喝了一口。'不咸哪？'她说，皱眉咧嘴地看着我。那模样儿我现在记得清清楚楚的。我就又喝了一大口，说，你要吗？你要就拿一瓶我们家有的是呢。她说不要，就又开始踢毽。我说我还能一口吃一整瓣儿大蒜呢。这会儿有人喊她，她就跑进院里去了。我坐在台阶上等了一阵子不见她出来，提起草篮子磨磨蹭蹭往家走。"

"一口吃一瓣大蒜一点儿也不难，我也行。"

"你吃过？"

"吃过。我们班男生说我们不行，我就当场给他们吃了一瓣。其实一点儿都不难，只要忍着点儿，一会儿就不辣了。"

老人默默地想了一会，说："这她跟你可不一样。"然后继续讲他的故事。"小门里总停着一辆婴儿车，站在桥头也能看见。我绕到石桥底下，杂草老高可是不算密。我用石笔在桥墩上写下她的名字，写得工工整整，还画了一个自以为画得挺好看的小姑娘。头发可是费了工夫，画了半天还是画不好。头发应该是黑的，画成白的怎么也好看不了，我就东找西找捡了一块煤来。"

"煤呀？！"女孩子咯咯地笑。

"怎么啦？"

"用煤画头发呀？"她还是笑个不停。

"有一天我把这个秘密告诉了小不点儿。那天我们俩在城墙上逮蚂蚱。城墙下不远就是那条河。开来一辆娶媳妇的花汽车，在城墙下的一个小院前停下。五彩的绸子扎成球铺满车顶再悬挂下来。我们跑下城墙去看，怎么也弄不清哪个是新娘子。"

女孩子说："要是我，我一眼就能看出来。"

"看了一会儿我们又去逮蚂蚱。我问小不点儿，你长大了结婚吗？小不点儿说不，我也说不。我又问小不点儿，你长大了不结婚？小不点儿说不，我说我也不。逮了一阵子蚂蚱我又跟小不点儿说，你坐过花汽车吗？他说没有。我说结了婚就能坐，那你结婚吗？他说你呢？我说你呢？他说你先说，我说你先说。他说：'我就是没坐过花汽车。'我说：'反正我也结婚。'我就带他去桥底下，把那个秘密指给他看。小不点儿说：'你要跟她结婚哪？'我说：'你可别跟别人说。'他说行，还说她长得是挺好看的。我说，她长得比谁都好看。然后我们俩就在桥底下玩，一到夏天那儿特别凉快。我们用树枝划水，像划船那样，划了老半天，又给蚂蚱喂鸡爪子草狗尾巴草，喂各种草，还喂河水，把结婚的事全忘了。那时候我们才十岁知道什么叫结婚呀？"

"后来呢？"女孩子问，严肃起来。

"后来不知道为什么事,快回家的时候我们俩吵了一架,小不点儿就跑到堤岸上去,说要把这件事告诉虎子去,告诉和尚告诉所有的人去。'哟哟哟——,你没说呀?''哟哟哟哟——,你再说你没说!'他就这么冲我又笑又喊特别得意。我只有一句话说,我说:'你还说你要坐花汽车呢?'他说:'我也没说我要结婚哪!'我说:'那你干吗要坐花汽车?'他说:'哟哟哟——,桥墩上的美妞儿谁画的?'说完他就跑了。我站在桥底下可真吓蒙了,一个人在桥下待到天快黑了。"

女孩子同情地看着老人。

"一个人总有一天会发现自己是孤零零的一个人。"老人说。

"他告诉别人了吗?"女孩子小声问。

"我想起应该把桥墩上的字和画擦了,一个人总会有一天忽然长大的。"

"这不对!"女孩子说,"您不用怕他们。"

"用野草蘸了河水擦,擦成白糊糊的一片。然后沿着河岸回家,手里的蚂蚱全丢了。像所有的傍晚一样,太阳下去了,一路上河水味儿、野草味儿、爆米花和煤烟味儿,慢慢儿地闻见了母亲炒菜的香味儿。那时候我妈还活着,比我这会儿还年轻得多呢。一个人早晚会知道,世界上没有比母亲炒菜的香味儿更香的味儿了。"

"那个臭小不点儿,他去告诉别人了吗?"

老人没听见,笑眯眯地想着往事。

"他要敢告诉别人,要是我我就让他也活不好!"

老人心里一惊,想到了一件没想到的事。

"他告诉了没有,那个臭小不点儿?"

"没有,他没有。"

"真没有?"

"一个人最终得懂得原谅别人才行。"老人说。

"真没有还是假没有?"

老人想了一会儿,说:"真没有。对,是没有。不过你得学会宽容。你自己也不见得全好。"

女孩子余怒未消。

老人笑笑:"可惜那支歌往下怎么唱我还是没想起来,你容我慢慢儿想行吗?"

女孩子点点头,一心只遗憾自己不会唱那支歌。

在一片楼群中间的草地上,男人躺在那儿,用那本地图盖上眼睛,听蜂飞蝉鸣。向日葵展开一圈耀眼的花瓣,追踪太阳。

不久,一个老太太拄着拐棍走到他身旁,不出声地惊愕地看了他好一会儿,然后把拐棍在地上使劲戳响。男人一骨碌坐起来。

"我当你是病到这儿了。"老太太说。

"我走得有点儿累了,躺在这儿歇歇。"

老太太依然心有余悸地盯着他:"不要紧的?"

"不要紧不要紧,"他说,伸伸懒腰打了个冷战,站起来跺跺脚,"您知道太平桥在哪儿吗?"

老太太或者有九十岁，或者更多，眼睛是灰白的。"太平桥？"灰色的眼珠转动一下，"怎么还有人问这个地方？"

"您说还有人？"

"多少年没人问啦，"她的脸不住地晃，上唇裹一裹下唇，仰脸看看四周的高楼，"这地方原本就叫太平桥来着。"

"地图上写的可不是。"

"地图？"老太太极轻蔑地瞥一眼他手里的地图，说："早多少年就不这么叫啦。你找谁？叫得上太平桥来的人我全认得。"

"一个女的，三十多岁。"

"三十多？三十多岁的人谁还知道太平桥？"老太太在心里哼了一声。

"她说她常到那座桥上去站一会儿的。"

"什么您说？"老太太嘿儿喽带喘地笑起来，"我都没见过太平桥，早拆啦，我奶奶的奶奶怕都没见着过。"

"会不会现在还有个太平桥，不在这儿？"

"那我可不敢说。我就知道有一个太平桥。"老太太一路笑着走远了。

海潮淹没了太阳，接着又呼唤月亮。

"晓堃说这不可能。晓堃说，好多年以前她和天奇也是这么打算的，他们结婚的时候都以为是找到了这样的地方。"

"是，这我都知道。"男人说。

"后来证明不是。后来证明这不可能。"

"他们不能,不证明这不可能。"

月光很亮。月亮里那些稍暗的部分,据说是"海",是一片荒原。"阿波罗"带上去的那座人类的标志就在那荒原上。

"也许我们也是被什么更高的智慧送到地球上来的,为了一件我们不可能理解的事。"

"这很可能。很可能我们也是一种标志。上帝把他的动机藏起来了。"

"你最近又写了吗?"女人问。

"小说?没有。我不知道上帝是什么动机。"

"不管是什么动机,我们来了。人,来了。晓堑说,来了之后发现太孤单……欸!你等一下,我的梦又想起一点儿来了。我出了森林,在一条路上,走,一个人,看见很多房子很多非常漂亮的房子……对,我想起来了。我走进那些房子,房子里没人,所有的房子里都摆设得非常华丽,床啊桌椅啊灯呀地毯呀都布置得非常舒适,可是没有人。"

"然后呢?"

"我看遍了所有的房子,都没人。"

"然后呢?"

"我直发慌,使劲喊,还是没有人。没有人。"

"然后呢?"

"记不清了。"女人叹口气,看着月亮。

月亮挑逗着海,海便不得安静,焦灼地涌荡。这是潮汐,是月亮和海的摩擦。在月亮和海之间,有一股无形的力量。这力量开始于何时是一个问题;这力量将结束于双方的安息之日,是没问题的。

"我有点儿明白我的梦了,就因为一个人太孤单了所以到处找人。晓堃说得真对,最后找到了爱情那儿。"

"天奇也没有说错。天奇也是这么说的,也是真心这么去做的。"

"可是能够互相彻底理解的人实在是太少了。都戴了假面具。在父母那儿是一种,在朋友那儿又换上一种,在男人那儿一种在女人那儿又是一种,大家都把自己包裹上一层东西再见人。""这我们已经说过了。""最后就只剩了一个指望,爱情,一个彻底自由的地方,什么都可以说,什么都可以做。""这太难得了。""可这不可能。""他们没做到,并不证明不可能。""你就像在海上,在无边无际的水呀浪呀里,漂呀颠呀摇呀想找到一个岛。把船拴起来,你躺在沙滩上也行礁石上也行,不遮不掩地随心所欲地歇一会儿。连男女之间赤身裸体地在一起,连那种事都是一种象征,彻底的给予和彻底的接受,整个一个人整个一颗心,不需要任何乱七八糟的玩意儿来掩饰,不需要完全不需要。""这太棒了,你知道吗?这太棒了。""可以随意说点儿什么,不必用脑子,不必思前想后的怕哪一句说得有损自己的形象,又怕哪一句显得不够尊重对方。""这不是不可能的。""是不可能,晓堃说得对。"

"晓堃?"男人不以为然地笑笑,"晓堃还知道什么?"

"还知道天奇现在到哪儿去了。"女人说。

"嗯?"

"她知道他还在找,找那不可能找到的东西。"

"可怎么见得就找不到呢?"

"你刚才说那样的地方太难得了吧?好。你承认那样的地方太少太少了吧?好。我想你会同意,找到一个那样的地方实在是太不容易了吧?甚至错过一个机会这一辈子就可能再也找不着了,是吧?那好。"

"又怎么样呢?"

"你好不容易找到的,你会轻易把她失去吗?"

"当然不。我凭什么要失去?"

"但是你可能失去。"

"我可以不失去,我可以尽我的努力不失去。"

"唉——,可惜让晓堃说对了。你怎么努力?你一旦感到可能失去,一旦怕她失去,你就会想把握住她,你就开始要猜疑了,你就会对她的一句话想很多很多,拼命想弄清楚她为什么那么说,你想不清楚你就拼命让她解释清楚,可她只不过是随便说说而已的,没动脑子,根本没动那么多脑子,连她自己也不清楚为什么要那么说!"

"好不容易找到了,"男人说,"不愿意轻易失去,这总不算错吧?"

"问题就在这儿,问题就是这并不错。"

"互相解释一下,这不对吗?否则怎么彻底理解?"

"这也对，可糟就糟在这也对。一切都对，可到最后就是没完没了的猜疑和解释不完的解释，成了习惯，成了习性。成了条件反射。其他的倒都忘了。"

"这不是猜疑。"

"也可以不叫猜疑，可你总在想对方的话到底是什么意思，这意思会不会使我失去她。不叫猜疑也可以。可是最后你就不敢想说什么说什么了，因为有些想法你自己也无法解释，你还敢说吗？"

海潮涌起来又落下去涌起来又落下去，落下去又涌起来，对着月亮叹息。叹息声不知几万里远。月亮只好按着自己的轨迹运行。

"老天，我不知道错在了哪儿。"男人说。

"不知道。"女人说。

"也许万恶之源就在猜疑。"

"你害怕失去她，这一点儿都不错。"

"也许应该相信根本不会失去？"

"凭什么呢？什么可以保证根本不会失去？"

"也许不想解释就别解释？"

"不是不想，是不能！是无法解释。"

"那就别解释。"

"可他想知道。不解释只会使猜疑加重。"

"他可以不问。"

"他可以嘴上不问。他眼睛里和心里不可能不问。另一方呢？随时感觉到他在问。"

"心里也别问。心里也不问，行吗？"

"咱们又说回来了。除非你不怕失去她，这办得到吗？你要是不怕失去她，你也就不会那么想要得到她了。"

夏日的长昼为荒原提供了充足的阳光，上千种植物纵横挥洒把天底下的地方全部变作绿色，上千种野花怒放。雪水融成的溪流在草下伸展开，四处闪光。鹿群自在徜徉，偶尔踏入溪中便似拨响了原野的琴弦，金属似的震颤声久久不息。

公鹿的犄角已经长成，剥落着柔软的表皮，变得坚韧了。它们有一种预感：冥冥中有种神秘的东西将要降临；搅扰得它们又焦躁又兴奋。这东西是什么，还不知道。它们一有工夫就在带刺的矮树丛上磨砺自己的双角，也是听凭了冥冥中神秘的指使。母鹿们悄悄观察着公鹿的举动，安详地等待着某一天的到来。

半山腰上，懒洋洋的狼群在晒太阳，或卧或躺眯缝着绿幽幽的眼睛傲视一切，除了太阳的移动，其他都不放在心上。幼狼不见了，有的已半途夭折，活下来的都长大了长得无比健壮，混同于它们的父母。唯皮毛的色泽显示着年轻的欲望，没有老狼身上的累累疤痕，偶尔爆发出来的低嗥也缺乏老狼声音中的沉稳。老狼转动着耳朵养精蓄锐，对周围发生的事了如指掌。

男人说，我并不是要占有一个人。

女人说，你要只是想得到一个人那倒好办了，可能有那样的人，一辈子都是你的。可你做梦也想要的是一块自由之地，这样你一旦害怕失去，她就已经失去了。

中午的太阳"轰炸"着城市。最热的时候，到处都是太阳的声音。人差不多都躲起来了。洒水车无精打采地开过去，敷衍着响几下铃铛。水就像是洒在烧热的炉壁上那样，变薄、缩小，说不定还有几个水珠吱吱地滚动几下然后消失。水泥路面上浮着一层抖动的蒸气，使一只过街的野猫变得弯弯曲曲。

野猫仓皇奔逃，蹿进一幢大楼的阴影里卧下来喘息，回过头去望，不明白那些闪光的地方是不是一条路。

路边，树荫遮不到的地方有一条石凳。

"站会儿吧。"

"就站会儿吧。"

两个人站在梧桐树的影子里。

"如果稍微解释一下呢？"男人说。

"稍微？"女人看着他的影子，"怎么稍微？"

"主要是表明愿意解释，是否解释得清楚倒不重要，倒在其次。"

男人的影子像一个日晷。女人说："那不知又会引出多少需要解释的东西来。"

"会吗？"

"解释不清的解释就又是一个新问题，新问题又需要解释，又解释不清，这就没完了。"

"我们干吗一上来就不相信，是可以解释得清的呢？"

"太阳解释得清吗？太阳？"

太阳自古以来就待在那儿，像现在一样坦坦然然不隐瞒什么。万物都与它有关。关于它，一定有一个清楚的解释默默地存在着——不妨这么相信。可是，自古以来，关于它，有多少回解释就有多少回尚待解释。

"那回，晓堃只是对天奇说她想一个人待一会儿。她说'你该干什么干什么去，我想一个人待一会儿'，她就说了这么一句。她确实只是想一个人待一会儿。"

"天奇说什么了吗？他不是什么也没说就立刻到过厅里写他的东西去了吗？还要他怎么样呢？"

"关键就是这句'还要他怎么样'。晓堃要他怎么样了吗？她完完全全就是想一个人待一会儿，没有其他意思。"

"可天奇什么也没说就出去了呀？"

"是什么也没说，可你看他那脸色吧！他把门使劲一关，嘭！使劲那么一关，心里就是说的那句话——'看你还要怎么样'。"

"不不不，这是晓堃的误会，天奇绝不会说看你晓堃还要怎么样，绝不是这个意思。""那是什么意思？""他是说，意思是说晓堃你还要我天奇怎么样呢？""这不一样吗？""这不一样。""我看不出有什么不一样。好吧。关于这件事他怎么跟你说的？"

"天奇说，他知道是因为什么。"

"什么因为什么？"

"他知道晓堅为什么说想一个人待一会儿。就因为上午天奇要写东西，那天是礼拜日，第二天他必须把那篇东西写完，交稿，他就对晓堅说，你带着女儿出去玩玩吧，或者上谁家去串个门吧。就因为这个，下午晓堅回来就不搭理天奇，就说她也想一个人待一会儿，让天奇该干什么干什么去。是不是这样？"

"根本不是。她就是随便那么一说，她那会儿心烦想一个人待一会儿。""说漏了，心烦？心烦什么？""咳哟——！请问人可不可以有心烦的时候？""当然可以，天奇也没说不可以。可天奇不知道她为什么心烦，问她她也不说，就让天奇出去。""心烦什么？天奇一写东西其实就烦晓堅，不想让晓堅在他身边。这样的事好几次了，好几十次了好几百次了！"

"写东西的时候怕人打扰，这我懂。"

"你是这样，可天奇不是。"

"是怕人打扰，对这点晓堅应该能理解。"

"对这点，开始晓堅非常能理解，可后来发现不是这么回事。实际上天奇认为他干的事晓堅一点儿都不懂，其实他根本就看不起晓堅。""这不对。天奇总是跟我说，他心里要是没有爱情，他简直就不知道为什么还要写诗写小说。""心里的爱情！可这不一定是指晓堅。""这你可错了。他总是说真正的爱情只有一次。""也许是下一次，为什么不可能是下一次呢？也许他已经感到这一次不是真正的了。"

"那是晓堅要那么想。"

"晓堅不会无缘无故那么想的。譬如说，那心里的爱情要是指晓堃，天奇为什么还担心没有爱情？"

"他担心了吗？真是怪事，他什么时候担心了。"

"他说心里要是没有了爱情，干吗还要写诗写小说。这话他说了吧？这不是担心是什么？""他说的是'要是'，是说如果是说假设。""假设！他根据什么作这样的假设？一切都是平平安安的，会想到要假设人类毁灭吗？""他随便一说罢了。""爱情可不是随便一说的，你这么随便一说，她心里会怎么想？""那怎么说？一说爱情就得像写一本书那样字斟句酌再加上一二三四一大堆注释吗？"

"我没说要那样。可随便一说跟随便一说可以完全不一样。天奇要不是感到他心里的爱情已经不那么来劲儿了，他不会这么随便一说的。任何看来偶然的东西都有必然的原因。"

"你只听了晓堃一面之词。"

"对不起，你也是，你也只听了天奇一面之词。"

"天奇不是担心自己不爱晓堃了，而是担心晓堃不像过去那么爱他了。"

"这种担心完全没必要。这担心一点儿根据也没有。事实是只可能天奇腻了晓堃，不可能晓堃不爱天奇。"

"晓堃担心会这样？"

"当然。哦，你别钻空子，她这担心是有根据的，你别笑。天奇既然总是担心，晓堃当然就会担心。"

"天哪天哪……"

"这一点儿都不可笑！天奇既然总是担心晓堃不像过去那么

爱他了,你让晓堑怎么办?晓堑不知道怎么办才能让他感到还是像过去那样,事实上还是跟过去一样,晓堑就会担心,怕哪句话说得不合适又加重他的担心。晓堑是担心这样时间长了,天奇就不会再像过去那样爱她了。"

"好了,咱们都别把自己的感情加进去,你就客观地说说晓堑的那一面之词吧。"

一座座高楼在烈日下昏睡。有家阳台上挂了一串小尿布,低垂着一动不动。有人在屋子里伸懒腰,书掉在地上,没有声音。

"有些话,只是我们女人之间才能说的。"

"我懂你的意思。"

"是只有我们女人才能感觉到的。"

"那不见得。譬如说那天晚上,天奇希望他们能好好地亲热亲热,可晓堑一晚上都不理他。"

"那是因为天奇一下午都不理晓堑。"

"天奇正是想这样来打消白天的误会。"

"希望,打消。出于这样的考虑那简直像一个谈判会了,一个交易会。""好家伙,没想到晓堑会这么想。天奇可是真心的。""每次都是吵了嘴,天奇就变得更亲热。""这不对吗?""你一想到对不对就已经不自然了,已经不敢为所欲为想说什么说什么了,生怕这个谈判会失败。小心翼翼小心翼翼,所有的动作都不对劲儿,都像隔着一层什么,都是技术性的没热情,每时每刻都有一种做戏感。"

男人不说话。

女人希望他能反驳她。

"天奇是在应付她。"女人说，仍然希望男人能反驳她。

男人看着楼顶上落着一只鸽子。

"至少晓堃是这样，"女人说，"生怕哪儿做错了，总以为已经做错了，生怕他已经看出来她是在应付他。"她仍然给男人留着反驳的机会。

"天奇不知道他还能怎么办。"男人说。

"晓堃现在还盼着天奇回来呢，可是不知道他在哪儿。"

"他就像在梦游，自己也不知道自己在哪儿。"

"他回来又能怎么样呢？晓堃又怕他回来。"

"天奇要是知道这一切都错在了哪儿，他就会回来。"

"他要是能找到最初的那个梦就好了。"

"那就好了，就可以慢慢全都回忆起来了。"

荒原变成黄色，变黄的速度非常之快。公鹿猝不及想，一夜之间领悟了冥冥中神秘的安排。它们赞叹并且感恩于那神秘的旨意，在秋天的太阳里引吭高歌。公鹿的嗅觉忽地百倍敏锐，母鹿身上浓烈的气味赋予它们灵感，启发它们的想象力，弄得它们激情满怀。公鹿一遍又一遍地唱着情歌，意欲拜倒在母鹿脚下抛弃以往的威严。纤巧的母鹿狡黠地躲避着公鹿的祈求，但只要发现公鹿稍有怠顿，母鹿们又及时地展示自己的魅力，引诱得公鹿欲罢不能。她们要把他们的欲火烧得更旺更猛些，上帝要求她们造就出坚韧不拔的英雄，造就真诚的情人，造就热情不衰的丈夫和强悍而智慧的父亲。鹿族的未来要求公鹿具备这些气概，要求母鹿在这黄金的季节里卖弄风情。

公鹿知道，它必须赶快找一片开阔地，必须在那儿迎候优秀的敌手，必须振作起雄风来赢得他的意中人。

牵牛花不知疲倦地吹着号角，前赴后继。

向日葵热烈的情怀甚至烤焦了自己的花瓣。

夜里，夜来香芬芳四溢，浓郁而且沉着。

日日夜夜。

母亲对女儿说："你最近活得好吗？"

"还可以。"女儿回答。

"你觉得有意思点儿了吗？"

"我也不知道。"

"也许我不该反对你给那个男孩子写信。"母亲低着头说，在给女儿织一件毛衣。

"友谊是件非常好的事。"母亲又说。

"不过你还不到十五岁，"母亲说，"你们还都不懂爱情有多么严峻。"

"你们将来会懂。你们现在还只是友谊。"

母亲抬起头，发现女儿已经不在跟前。大门咔嗒响了一下。母亲走到过厅里侧耳细听，一串轻捷的脚步声下楼去了。

"当我幼年的时候，"女孩子唱道，然后问老人，"对吗？"

"对。"

"当我幼年的时候,母亲教我歌唱……"

"对对,就这样儿。"

"在她慈爱的眼里,隐约——是隐约吗?在她慈爱的眼里,隐约闪着泪光。"

"唉,你唱得可真像,"老人说,"还是你行。"

"下面的歌词还没想起来呀?"

"没有。"

女孩子又把前面的四句唱了一遍。

"人这一老可真麻烦。后头的词儿我怕是再也想不起来了。"

女孩子又唱了几遍,发觉自己原来能唱得这么好听,一时也感到惊讶。

"我想送给你一只鸟。"老人说。

"送给我?真的!我随便挑吗?"

"嗷嗷老天爷,你慢点儿,慢点儿。不是这些。这几只跟我熟了,给你你也养不活。"

"那给我哪只?"

"我家里有只鹦鹉新近孵了几只小鹦鹉,等再长大点儿,我给你带来。那些小家伙儿准保你更喜欢。"

"我们同学家就养着鹦鹉,哎呀——"女孩子像大人那样摇头咂舌,"真叫好看。什么时候给我带来?"

"别忙,等它们再长大点儿。"

"要不我自己去您家拿吧?"

"你也是个急脾气。"老人笑笑。

女孩子也笑了："都是让我妈说的，我妈老说我是急脾气，我就真是个急脾气了。"

他们坐在那块大树根上，看着那些鸟。画眉在夏天的末尾叫得更加婉转，悦耳，变化万千不辞辛劳。暑气消散。行人的脚步显得悠闲。

"该你给我讲个故事了。"老人对女孩子说。

"我？讲个故事给您？干吗呀？"

"不干吗。我都给你讲了，我还给你鸟，你也该给我讲一个吧？"

"那行。讲什么呢？"

"你看了那么多小说，你还不知道？"

"好吧。可我不知道您想听什么。"

"什么都行。你要想当作家你就得会讲故事。"

"那好吧。嗯……"

"甭那么认真，随便讲一个就行。"

"行。嗯……《老人与海》行吗？"

"我就知道你憋坏主意呢，那你还不如讲个老人与鸟呢。"

"真是《老人与海》我不骗您！好吧那就讲个别的吧，《老人与海》也太长了。行！我想起来了。"女孩子理理头发，坐得端正些，仿佛将要做一件极其严肃的事了。

"有个卖棺材卖花圈的商店。"女孩子讲道。

"好丧气，你怎么想起要讲这个？不不不，没关系，谁早晚不得死呢?"

"有一天晚上这店里来了个顾客,是个老头。"

"小伙子谁去那儿呀。讲吧讲吧,我爱听。"

"胖老板娘就问,'您买点儿什么呀?'"

"没这么问的,你当是平常的商店哪?"

"要不您讲!"

"好好好。人儿不大脾气可不小。我听着。"

"老头说要买花圈。胖老板娘问他买几个。"

"买一个还不够还买几个?你可真会糊弄我。"

"真的,书上就这么写的!老头跟老板娘说,您帮我算算得买几个吧,一个母亲送给儿子的,一个儿子送给父亲的……"

老人不再打岔了,盯着他的鸟,听着。

"一个哥哥送给弟弟的,一个妹妹送给哥哥的,一个外甥送给舅舅的,一个姑姑送给侄子的,一个孙女送给爷爷的,一个表姐送给表弟的……哎呀我都说乱了,多少个了?"

"没记住,你说这么快。"老人觉得这故事倒真是新奇得很,出乎意料。

"人一共能有多少亲人吧,您说?"

"哎呀——,那可就多了,没算过。"

"反正他就要买那么多花圈,一辆汽车也拉不完,缎带上的称谓都不一样。"

"怎么会所有的亲人一下都死了呢?这事可太惨了。"

"胖老板娘差点儿乐疯了。"

"胖老板娘都不是好东西。"

"她一年也未必卖得出去这么多花圈，她店里所有的花圈加起来还不够呢。她就跟老头说，您把住址留下吧，等我们做够了一块给您送去。老头说什么也不留住址，说他过几天自己来取。"

"这为什么？"

"是呀，老板娘也有点儿疑心了。她先是以为一架飞机失事了，正好老头的亲人都坐在上面。老头走后老板娘越想越不对劲儿，怎么死的都是男人呀？爷爷、父亲、儿子、外甥、侄子、哥哥、表弟……怎么全是男人呀？"

"这可倒是。"老人连连点头。

"他是不是要把他家所有的男人都杀了，把所有的财产都留给一个坏女人呢？"

"哎哟！"老人紧张地看着女孩子，头和身子都有些抖，"这么大岁数了可别这么着。"

"后来老板娘跟踪那个老头，终于弄清楚了其中的秘密，您猜是怎么回事！"

"怎么回事？"

"您猜。"

"我猜不着。不是像老板娘想的那样吧？"

"是——，就是像老板娘想的那样——。"

老人盯着女孩子，蒙了半晌，最后拍着腿说："这是何苦呢，唉，这是干的什么呢！"

女孩子咯咯咯地笑起来，笑得蹲在地上："不是——！我骗您呢！"她笑够了，就势坐在地上，继续讲，"那老头其实是什么亲人都没有。压根儿就是他一个人。他怕将来没人给他送花圈，那些花圈都是他给自个儿准备的。"

出乎女孩子意料，老人一点儿都没笑。

"您听明白了吗？爷爷、父亲、侄子、舅舅什么的都是他自个儿一个人。"

老人还是不说话，单是动了动鼻子。

又过了半天，老人咳嗽了一阵还是不说话，光是挪了挪腿。女孩子有点儿心慌。

"这小说叫什么名儿？"

"我也忘了，我看书从来不记名儿。"

"你说这事是真的吗？"

"反正书上是这么写的。没准儿瞎编的吧？"

画眉不住地啼啭。

一轮巨大无比的落日里，一个人在拉琴。

男人寻找太平桥经过这个人身旁，便向他打听。拉琴的人不回答，只顾埋头拉琴。

别人告诉这个男人："你怎么问他呀？你仔细看看他。"

拉琴人的目光呆滞得像是已经死了，凡世的景物只不过在他的瞳孔里流过罢了。

"你再仔细听听他的琴声。"

琴声永远重复着那七个或八个音符，间隔长短亦为一律，凡世的音响不再惊动他。这是个傻子，很美很动人的一个白痴。

男人只好继续走自己的路。

太平桥必定在某个地方。

"我找遍了所有的屋子，都没有人。我走过街道，穿过花园，走上长长的走廊、又高又陡的台阶，走到大墙的拐角、假山背后、草坪上和草坪上的树丛里，到处都不见人，然后……我可以如实说吗？"

"当然得如实说，"男人说，"那种释梦的方法唯一的要求就是实话实说。"

"然后我又走进一座大厅，这时候，我忽然看见一个人向我走来，一个女人。那我可就如实说啦？"

"是怎么就怎么说。"

"那女人赤身裸体一丝不挂，身体的每一部分都非常丰满非常成熟，你懂吗？非常匀称健康你懂吗？焕发着光彩焕发着欲望，连我心里都一振。她从幽暗中向我走来，无声无息的一道白光，走得极其散漫极其舒展，极其不管不顾肆无忌惮，极其……"

"什么？"

"不，"女人想了一下才又说，"当我们走到一起的时候，我才发现那是一面镜子。你懂吗？"

"镜子。我懂。"

"好大好大的一面镜子。"

男人点一下头,抽着烟。

"把我吓坏了。吓得我赶紧跑开到处去找衣服,这时候我已经听见四处都有人声了。所有的屋子里都挂着衣服,可都是别人的衣服没有我的衣服,我想不起来把自己的衣服都脱在了哪儿,所有的衣服我穿着都不合身,挺费劲地套上一件又挺费劲地揪下来,这时候人声越来越嘈杂了。我顾不了那么多,东找一件西找一件好歹穿起来。总算松了一口气。可就在我这么一回头之间,发现原来在我穿衣服的屋子里早都坐满了人。幸好人们都在啜茶聊天,像是没注意到我。我慌忙往外溜,贴着墙往外溜,有人挡了我的路我也不敢出声,提心吊胆地等着,等人走开时瞅准机会溜了出去。哎呀,心想这下喘口气吧,找个地方歇会儿吧。忽然又听见笑声,所有的人都在笑,都看着我,原来他们不是没注意到我而是一直都盯着我看我做出多么可笑的表演。我那身衣服确实花花绿绿的不伦不类像个马戏团里的丑角。我越是想把衣服抻抻平,整理得像点儿样子,笑声就越是一浪高过一浪。"

女人停一下,吁一口气,吁一口气也似潮水那样不平整。

男人靠眼神安慰她。

还有秋光,在安慰她。

她就又说下去。

"然后我走在城郊的路上。然后我走在野地里。然后我蹚过河,上了山坡。很高的山腰处是黑色的森林,我往那儿爬。我在一条土路上爬,一边是峭壁寸草不生,一边是悬崖,悬崖下云缭雾绕,峭壁随时要倒下来悬崖随时要塌下去。前面出现一个隧道拱形的洞口,我爬进去,心想只要能再爬出来就是森林了,森林那边就是海。可这洞并不像我想的那样是隧道,而是一个没有出口的洞,数不清的金属拱架支撑着圆形的穹顶。我只好又往回爬,可是回去的洞口也被封死了,拱架支撑不住洞顶,整个洞就像一口大锅扣下来把我扣在了里头。我看见那教堂一样的穹顶上有一个洞,我攀着拱架爬上去,挣扎着想挤出来,洞口很小,把身上的衣服又全都挤掉了,这才算出来了,又是那么赤身裸体地站在地上。回头看那洞口,又有一个人挤出来,也把全身的衣服都挤掉了,挤得浑身鲜血淋淋,她长得很像我,但我知道那不是我。那幸亏不是我,那个人挤出洞口一下子掉下悬崖去了。"

"你的女儿最近情绪稳定点儿了啦?"

"不,那不是她!绝对不是,这我非常清楚。我爬到悬崖边往下看,深渊里竟是一片和平景象,炊烟袅袅,房舍错落,鸡犬声此起彼伏,车水马龙秩序井然。有个男人拿着麦克风在唱,歌声悠扬又凝重,姿态放荡又真诚。我在悬崖边想寻一条路下到深渊里去,可是找不到,一当看见一条路,悬崖就轰隆隆塌下去一大块,把路塌没了。"

"那个男人唱的什么?"

"很多。也听不太清。"

"可这很重要。对解释这个梦很重要。"

"好像有这么一句,我听不太清可我感到总是有这么一句:今天你来了我不再忧伤,让我忘掉你曾漂泊远方。"

又到了一年当中最好的季节。鸟儿在天上飞得舒缓,落叶在脚下嬉戏。落叶就像玩累了的孩子,躺在床上还不死心,还要一直玩进梦乡去(之后将没有什么再能打断孩子的好梦)。

山里的山楂红透了。山里五彩斑斓。

庭院中的柿子树硕果累累,使人想起春天的连翘,但比连翘黄得沉重。偶尔一两个柿子落地,砰然有声。

河水又深又宽阔,流得平稳。忽然一天,记不住是哪一天,蜻蜓都不见了,知了也不叫了。

男人说:"再没有比梦更诚实的事了。那大概免不了是深渊。"

"就算是吧,"女人说,"可在梦里我还是诚心诚意想要找一条路下去。"

"我想不必,既然你看出是深渊就不必。"

"我不是这个意思。我要下去,我是想下去,只是希望那不是深渊。"

"这样就好办。我也是这个意思,咱们可以不让它成为深渊。"

他们看见一个老人推着婴儿车走在一棵大树下。树冠如一顶巨伞支开,漏下斑斑块块的秋阳。(车里的孩子将会记住那金黄的树叶和枝叶间的蓝天,等他长大了他将到处找那棵树却到处也找不到了。)

男人说:"依我看,天奇和晓堃的全部错误就在于他们一定要结婚。"

"噢?"

男人又说:"结婚这东西纯粹是一种人为的保证,天真的愚蠢的条约。"

"问题怕不在这儿。"女人想:可能没这么简单,就怕没这么简单。

"这东西压根儿就不该有。一有它,人就害怕失去它,一有它就说明人害怕失去它,结果反而失去它。所以不如干脆没有这个形式,这样就能打消怕失去的心理。对吗?"

"我不知道。你先往下说吧。"

"要是能彻底理解,要真是自由之地,就不需要这条约来维持,要是没有彻底的理解根本不是自由之地,这条约就压根儿是狗屁。"

"这对。"

"要想不失去,先就别怕失去。"

"这行吗?"

"行不行也是它。你越怕失去你就越要失去。"

"这不错。"

推婴儿车的老人走过一棵小树,一片树叶落进车里,老人把它捡出来。(当孩子长大了,小树也长大了。当他千百次走过一棵大树的时候,他已经认不得这棵树,他已经忘了那个秋天这棵树上的一片叶子,在梦里抚摸过他。)

"天奇和晓堃互相失去了,就因为他们曾经太怕失去了。""他们现在又在互相寻找,是吗?""这样他们失去的只是那种怕失去的心理。""天奇也在盼望回到晓堃身边来,是吗?"

"你有一万块钱你就怕丢,你丢了你就难过得要死,你没丢你也紧张得要命。"

"你真的不知道天奇现在在哪儿?"

"你不如相信那一万块钱根本就不是你的。你本来就没有。结果你有了,你就喜出望外了。一样的事。"

"真对真对。"

"咱们反正是什么都没有了,来到这世上一无所有。咱们不怕失去,失去顶多还是像刚来到世上时那样。""咱们本来已经失望了,结果咱们又找到了希望,是吗?""正是,正是这样。""噢,太棒了。"

他们看见那老人走在河边,河水里映出老人和那婴儿车的影子。老人走得那么缓慢,车里的孩子大概在这温馨的秋风里睡着了。(梦里他听见潺潺的流水声,多少年以后他在所有的河上找那声音,却再也找不到。)

"行了,我想咱们可以开始了,咱们可以毫无顾忌了。""我不知道这是不是梦。""这不妨就是你那梦的继续,你的船终于找到了那个岛。""那个港湾吗?那片沙滩?""你可以随心所欲自由自在地歇歇了,不管是躺在沙滩上还是趴在礁石上。""我怕这是梦。""你别怕这是梦,这就不是梦了。""我可以相信这不是梦吗?""或者不如像你说的那样,就当咱们是陌生人,那就可以想说什么说什么了,说完了各走各的路。""可以想什么就说什么吗?""完全可以。""唔——,我要的只是这个。"

那个老人推着婴儿车走过森林,走过他们身旁。车里并没有孩子,而是五六只鸟笼。笼子上罩着粗针大线缝成的笼套,画眉都不叫。

溪流和钢琴。山谷和圆号,无边的原野和小号。落叶和长笛。月光与提琴。太阳和铜钹和定音鼓。公鹿的角斗声像众神纵情的舞步,时而稍停时而爆发,开天辟地。

狼群屏息谛听。那角斗声远远传来,也令年轻的狼胆战心惊。它们不禁信服了老狼的忠告。老狼偶尔看一眼太阳,教会年轻的狼识别山和溪流的色彩,识别原野的风:这是鹿的节日,在这日子里,鹿拥有着天地万物乃至整个宇宙。

开阔的角斗场四周,母鹿们显得不安,也不时遥望太阳,白昼越来越短了。公鹿也注意到了这一点,大地再偏斜一点儿的话北极的寒风就将到来,那时一切都来不及了;它们必须尽快战胜对手和自己的情人欢聚一堂。以往的艰辛的迁徙和跋涉都是为了现在,它们记得遗留在冰河上的那些美丽灵魂的嘱托。鹿族的未来将嘲笑任何胆怯,将谴责哪怕一秒钟的松懈和怠惰。它们拼着性命要留下英名,它们的身体里流着祖先的血液,千万代祖先曾经就是这么干的。

公鹿用前蹄刨土,把土扬得满身都是,舞动着华丽而威武的双角如同舞着祭典的仪仗，它们跪倒，祈求苍天再多赐给它们些智慧和力量，苍天默然不语只让秋风一遍一遍地扫荡一丝一缕的愚昧。公鹿幡然猛醒抖擞着站起来，存心忘掉失败的可能，把天地之气推上胸膛，推向肩头、颈项，集中到角上又运遍全身，狂吼着冲向对手。公鹿的性子暴烈起来甚至不亚于狮子，整整一个夏天的贮备使它们的力量不亚于一头熊，吼叫声搏斗声似风卷万千旌旗猎猎不息。有过发情的公鹿杀死狼的记载。

老狼站起来，不露声色，带领它的部族悄悄向下风头转移，在那儿鹿群闻不到狼的气味，狼却可以知道鹿的日子还剩多少。鹿的节日终归会过去的，那时候，幸运之神将垂青于狼。

此刻人间，男人和女人形影不离，自在周游，不舍昼夜。窃窃私语融为秋声，魂销魄荡化作落叶猩红。

寒冷到来之前，鹿的营地上开遍最后一批花朵。得胜的公鹿昂首阔步，角上挂着失败者的带血的毛，和最漂亮的母鹿们成亲。公鹿终于博得了母鹿的赞许，日月轮流做它们的媒人。

小号轻柔地吹响，母鹿以百般温存报答公鹿的骁勇，用舌尖舔平铁一样胸脯上的伤痕。

圆号声镇定如山。公鹿甚至傲视苍天。

母鹿并不急于满足公鹿的欲望，让它平静下来平静下来，听一听落叶中的长笛吧，再去领悟自然的命令。

战败的公鹿渴望来年，大提琴并不奏出恨怨。年幼的鹿在溪边饮水，在钢琴声中对未来浮想翩翩。

　　傲慢的公鹿有些惭愧，母鹿这才授予它权利。公鹿便把日赐其精、月赐其华全部奉献给母鹿，奉献给后世子孙，在那一刻体尝了雄性的辉煌与快乐，胸腔里喉咙里发出阵阵鼓声构成四季的最强音。母鹿在喜庆的日子里不禁忧伤，它们知道这奉献对公鹿来说意味着什么，母鹿凭本能觉察到不远处的狼群，在这欢乐的交响之中闪烁着不祥的梆声。

　　天上人间，男人和女人神游六合，似洪荒之婴孩绝无羞耻之念，说尽疯话傻话呆话蠢话；恰幽冥之灵鬼，不识物界之规矩，为所欲为。

　　酒神把舞神灌得酩酊大醉，舞神给酒神套上魔舞鞋。舞得秋风大作时，枯枝败叶漫天飞卷。舞得秋雨缠绵，成熟的种子落入水中，随之漂流，将在一个命定的时辰，一个命定的方位，埋进土地，注定未来的生活将有另一种结构。

　　女儿为那座古老的落地钟上弦。她和那座钟一般高了。钟的旁边有一盆白色的菊花。钟在夜里敲响总是吵醒她，一醒来便看见钟摆上跳着月光，有些害怕。幸亏还能看见这白色的花瓣也在月光下洒开，便觉得明天准有好事等着她。

　　老人身着黑色秋装，给女孩子带来一对白色的鹦鹉。女孩子穿了一身红。

　　"两只哪，都给我？"女孩子喜出望外。

"这是一对儿，分开了哪只都活不长。"

"我们同学家的鹦鹉是带色儿的，有绿的有蓝的。"

"那样儿的好找，"老人说，"白的你问问有几家有？我的鸟都是好品种。"

"真白呀，像雪一样。"

"那是当然。等下了雪你比比去，把雪都比黑了。"

"我能拿起来瞧瞧吗？"

"拿吧，就是给你的。"

女孩子把插在婴儿车上的两根木棍摘下来，每根木棍上站着一只白鹦鹉，脖子上都挂着金属链。

"您家也有这样的婴儿车呀？"

"我的孙子自小跟着我，这会儿都大了，这车没用了，冬天出来遛鸟我用它当拐棍儿。"

"我们家也有跟这一模一样的婴儿车，是我小时候坐的，现在也没用了。"

老人把画眉笼子挨个挂在树上，摘下笼套，画眉愣一会儿，一声一声叫起来。

"你妈一个人把你带大可不容易。"老人说。

"可不吗？上班下班她推着我，有一回下雪天她摔了一大跤把嘴都摔流血了。那会儿我光会哭。"

"可你还说你妈是个老朽。"

"我什么时候说了？"

"没说就好。"

"我光是说她有时候有点儿保守,那怕什么的?当她面我也这么说。我们俩还是最要好的朋友。"

"带大一个孩子你以为容易吗?"

女孩子把两根木棍并拢,让两只鹦鹉靠近。一只稍微大一点,一只小一点。

"夏天怕热着,怕中暑。中了暑就拉稀,得吃藿香正气水,孩子懂什么?不喝。不喝就得狠狠心往下灌。"

"我最不爱喝那种药,又辣又呛嗓子。"

"天凉了又怕得感冒。打针吃药,孩子知道什么?打着挺儿哭,哭也不行呀,针还是得打,打得小屁股肿成疙瘩。"

两只鹦鹉互相啄了啄嘴。换了个位置,这只跳到那根木棍上,那只跳到这根木棍上。女孩子再想把两根木棍分开可不行了。

"最怕得肺炎,喘气儿又急又不吃东西,身子缩成一团儿像个绒球儿,没精打采的。得用葡萄糖水把土霉素化开,掰着嘴一滴一滴往里喂,弄不好能要了命。"

"我得过肺炎,我还住过院呢。我妈说我差点儿死了。"

"饿瘦了,身子虚了,再光给苏子吃可不行了。"

"给苏子吃?苏子是什么呀?"

"苏子都不知道?苏子还不好买呢。前些日子我托人在乡下买了十斤好苏子,等回头我给你点儿吧。"

"我没吃过苏子。也许小时候吃过我给忘了。"

"要是大便干燥,得喂苹果泥。要是消化不良闹肚子,就

70

给喂点儿大蒜泥。要是身上脏了,你就弄盆水在太阳底下晒一会儿,它们会自个儿跳进去洗,洗一会儿就得,别让身上都湿透了。"

"您说谁哪?"

"听着别打岔。经常也得吃点儿荤腥儿,喇喇蛄、知了、油葫芦、蜘蛛什么的都行。有种叫三道纹儿的蜘蛛,脊背上有三条纹儿,最好了。"

"吃蜘蛛哇?!"

"冬天没这些东西了,就养点儿黄粉虫,就是粮食里长的小虫,放在瓦罐里养,温度在十五到二十五度之间就行。"

"您是说鸟吧?"

"是呀?你这老半天听什么呢?"

女孩子大笑起来:"我还当是说您孙子呢!我说的呢,怎么给人吃蜘蛛吃喇喇蛄呀。"她又笑得跪在地上,两只白鹦鹉有些惊慌。"还说什么三道纹蜘蛛,您可真逗,几道纹儿的人也不能吃呀。"

老人的脸腾地红了,呆愣着说不出话来光咽唾沫。他才想起来,原本是要说自己的孙子来着,怎么就说到喇喇蛄去了呢?一瞬间他真感到自己是老了,说着说着就弄不清在说什么了。近来他常常把人和鸟弄混,把年月弄混,把天和地都能弄混。

老人闷闷寡言,一直到和女孩子分手。女孩子一直在笑,和那两只鹦鹉玩得开心极了。

"我得走了。一会儿我得练嗓子,我决定学唱歌了。"

看着女孩子端着白鹦鹉走远,老人心里空空落落。这时他忽然记起那支歌后半部分的歌词来。他在心里唱了一遍,分明丝毫不错。他想喊住女孩子,喊她回来告诉她往下怎么唱,那样女孩子又可以跟他多待一会儿了。可是,那红色的身影和那两个小白点已经走得看不见了。那支歌的后半部是这么唱:如今我教我的孩子们,唱这首难忘的歌曲,我辛酸的眼泪,滴滴流在我这憔悴的脸上。

终于,狼的日子来了。老狼猛地站起身,眼睛里焕发出绿色的光彩,刹那间便发动起全部力量,展臂舒腰,敏捷的脚步富于弹性,喉咙里响着喜悦的鼓点,翕动鼻翼甚至向年轻的狼们笑了笑。年轻的狼们一开始有些惊慌,不知发生了什么。老狼便立起耳朵,示意它的部下们细听:远处的角斗声早已停歇了,疯狂的婚礼也已结束,荒原上唯余寒风一阵紧似一阵,风中有疲惫的公鹿的喘息声。年轻的狼们欣喜若狂,不能自制。老狼却又蹲下来,把自己隐蔽在山石后面,但浑身的筋肉都绷紧着,胸脯急剧起伏。年轻的狼们好不容易安静下来,也都找到了各自的隐蔽所,本能教会它们拉开距离,形成一个包围圈,听觉、嗅觉、视觉不放过一丝风吹草动。

公鹿把体内的全部精华都奉献出去之后,迅速地衰老了,力竭精疲,步履维艰了。鹿群要往南方迁移了,到越冬地去。公鹿跟在浩荡的队伍后边,蹒跚而行,距离越拉越大。母鹿回过头来看它，恋恋的，但知道在自己的腹中寄托着鹿族的未来，于是心被撕成两半。公鹿用视死如归的泰然的神情来安慰母鹿，并以和解的目光拜托它往日的情敌。当它确信自己绝无力气在冰封雪冻之前赶回家园的时候，它停下了脚步，目送亲朋好友渐渐远去。它知道狼已经准备好了，它还记得父亲当年的壮烈牺牲，现在轮到它了。公鹿都有一天要做那样的父亲，这不值得抱怨，这是神赐予雄性的光荣的机会。不如把所余的力气积攒起来，以便对付那些等了它一夏天的狼。公鹿钦佩山腰上它的敌人的韧性和毅力。

老狼看见了老鹿。老鹿知道老狼看见了它。老狼一秒钟之前还蹲着，一秒钟之后已如离弦之箭飞下山冈。年轻的狼们一呼而起，从四面八方包围过去，即便是要杀死一头羸弱的老鹿，没有这样的集体行动也办不到。漫山遍野回旋着狼的气息和豪情。

老鹿明白，末日已来临，但它仍旧飞跑，它要领狼群到一个它愿意死在那儿的地方去，或者它要证明自己的死绝不是屈服，它朝与鹿群远去的相反方向跑，它要在最后的时刻尝够骄傲。

狼群把老鹿包围了。老狼坐下来，指挥年轻的狼冲上去。它要让儿孙们领教领教老鹿的厉害，以便这些小子们将来能懂得天高地厚。老鹿看出这些毛头小子的狂妄和轻浮，瞅准机会只一冲，便撕豁了一头狼的鼻子。它遗憾自己的气力不够了，否则不要了这家伙的命才怪。又一头不要命的扑上来了,老鹿把双角一扫,把那个愣小子扫了个滚儿。老狼暗暗称赞这一冲一扫,并觉得这招法非常熟悉,它看了看自己前胸的伤疤,认出眼前这头老鹿是谁的儿子了。老狼狞笑一回,看出老鹿的腿劲已经不济,便冲上去,避开锋利的鹿角,从横里猛撞老鹿的身子,老鹿一晃险些跌倒。这一下年轻的狼们被提醒了,接二连三地去撞老鹿的肩、腹和腿,老鹿左闪右挪没有还击之力了。这些狼可真年轻啊,老鹿羡慕它们的年轻,心想,到了把肉体也奉献出去的时候了。

就快结冰的溪流中,殷红的鹿血洇开了,散漫到远方去,连接起夕阳。鹰群在天上盘旋,那是上帝派来的死亡使者,迎接老鹿的灵魂安然归去……

"我想,我们大概还是弄错了。"女人说。

男人不语,抽着烟,望着街上的人群。

当若癫若狂的爱情之火稍稍平稳的时候,在如醉如痴似梦非梦的神游之后,男人和女人又似从天堂重返人间,落到地上,坐在一家小酒店里。

"给我一支烟。"女人说。

"你要烟?抽?"女人点上烟,抽得很在行。

"喝酒吗?"男人问她。

"不。"

"女儿怎么样,情绪?"

"好多了。"

"怎么回事?"

"弄不太清。好像是从那次我同意她跟那个男孩子通信之后,她的情绪一下子就全好了。她决定学唱歌。"

"这挺好,她的嗓子从小就不错。"

"你呢?又开始写什么了吗?"

"写了一篇,就快结尾了。"

"知道为什么要写了?"

"知道了。不过是因为活着。"男人仰脸看看窗外的天。

"要下雪。"女人说。

"你倒是不如喝点儿酒。"男人说,给女人斟满一杯红色的葡萄酒。

女人光是看着那杯酒,把酒杯在手里转动着,一个红色的小酒店也随之转动。"不过,我们也许还是错了。"

"说说看。"

女人叹一口气,然后每说一句话都是由衷的感叹。"我没有怨你。我是说我自己。我老是摆脱不了那种恐怖感。我怕再一次失去你。"

男人的酒是白的。他已经接近知道他们错在哪儿了。

女人说:"你说要想不失去,先就不要怕失去。可这本身就是怕失去。你说越怕失去就越要失去,可这本身正是怕失去。"

男人不说话。

"你说别怕这是梦,这就不是梦了。实际上你也是怕这是梦。我呢，当我说我可以相信这不是梦吗，实际上我等于是在说，没有什么东西能保证这绝对不是梦。对吗？"

男人不回答，有节奏地喝着酒。

"你说错就错在一定要结婚，结婚纯粹是人为的愚蠢的保证。可两个人相爱既然不是由结婚来保证的，也就不是因为结婚才使两个人担心互相失去的。"

男人点一下头。

"爱得越深越怕失去，越怕失去说明爱得越深。"

男人又点一下头。

"你干吗不反驳我？！"女人使劲吸烟。

"我反驳不了你。"男人说。

酒店外面，飘起了雪花。紊乱而无声。

"可你越怕失去你越要失去，"男人说，"这并不错。"

"并不错，是并不错。"

"因为你一怕失去，你就不能自由自在想说什么就说什么了。这也不错。"

"确实也不错，我懂。"

"我们要找的，不是一个提心吊胆地互相搂抱着的机会。"

"我们要找的是彻底的理解彻底的自由，"女人说，"这总不错吧？"

"我正在想这件事。"男人说。

"我找到了，好不容易找到了，怕失去，这有什么不对的呢？我知道我知道，一怕失去就已经失去了。天哪，到底怎么办才对呢?"

"你是说,怎么办才能不失去吗?"

女人紧张地盯着男人:"怎么办?"

"天知道。你再想想你问的这句话是什么意思吧。"

"嗷——!"女人沮丧地闭上眼睛,再睁开眼睛的时候,她大声嚷,"可我不想再否认我怕失去,我怕,我怕!我怕!!我知道你不怕,我就知道你才不怕呢!"

男人把杯里的酒一饮而尽,然后再斟满。

"你不怕,你多镇静你多理智!告诉你,我也不怕!你爱到哪儿去就到哪儿去吧,你一辈子不回来我也不怕!当然,即便这样你也还是不怕,你这个老混蛋!"

雪编织着天空,又铺展着大地。白色的世界上,人们行色匆匆,都裹在五颜六色的冬装里,想着心事。

"喊够了吗?"

"够了。"

"能听我说一句了吗?"

"你说吧。"

"能相信我说的是真的吗?"

"我愿意相信。"

"事实上我比你还怕,实际上我比你还害怕。"男人说。

男人从春天走到冬天,从清晨走到了深夜。他曾走遍城市。他曾走遍原野、山川、森林,走遍世界。地图已经磨烂了,他相信在这地图上确乎没有那个地方。

最后他又走回海边,最初他是从那儿爬上人间的。海天一色。月亮和海仍然保持着原有的距离,互相吸引互相追随。海仍然叹息不止,不甘寂寞不废涌落;月亮仍然一往情深,圆缺有秩,倾慕之情化作光辉照亮海的黑夜。它们一同在命定的路上行走,一同迎送太阳。太阳呢?时光无限,宇宙无涯。

在月亮下面,在海的另一边,城市里万家灯火。

随便哪一个窗口里,都是一个你不能清楚的世界。

一盏灯亮了,一会儿又灭了,一会儿又亮了,说明那儿有一个人。那个人终于出现了,走出屋子,一会儿又进来坐在灯前翻一本书。有朝一日你和他在路上擦肩而过,你不知道那就是他,他更不知道你曾在某一个夜晚久久注视过他。

两颗相距数十万光年的星星,中间不可能没有一种联系。在这陆地还是海的时候,在这海还是陆地的时候,那座楼房所处之地有一头梁龙在打盹,有一头食肉的恐龙在月光下偷偷接近它;或者是一头剑齿虎蹑手蹑脚看准了一头柱牙象——你现在这么想也仿佛在远古之时就已注定。人什么时候想什么,不完全是自由的。

男人走累了,想累了,躺在礁石上睡去。天在降下来,地在升上去,合而为一。然后男人开始做梦。

漫无边际的黑暗中,有谁吹起一支魔笛,他不由得跟着那笛声走。只有一件黑白相间的长斗篷在他前面飘动,缓缓前移。他很想超越过去看看这吹魔笛的是谁,但他紧走慢走还是超越不过去,看不见那斗篷里到底是谁或者是什么,只见几根灵巧的手指伸而屈,屈而伸,所吹的曲子令人神往。他就那么一直追着那笛声向前走。很久很久之后,他看见一点曙光,看见广袤无垠的荒漠,看见大大小小的环形山和环形山的影子。那件黑白相间的长斗篷渐渐隐去不露形迹,魔笛声却回旋飘荡不离不散愈加诱人。在山脚下,放着两本书。他拿起一本来看,讲的是天堂里美丽的神话,他看懂了。他又拿起一本来看,说的是地狱里残酷的鬼语,他也能看懂。但当他拿起这一本书去看那一本书的时候,他却什么也看不懂了;反过来,拿起那一本书来看这一本书时,也是茫然不知其所云。

他在梦里梦见了以前忘记了的梦,于是记起:两本书互相是不可能完全读懂的,正如两个人。这样他又想起把书颠倒过来读一回,从结尾读向开头。他发现,自由是写在不自由之中的一颗心,彻底的理解是写在不可能彻底理解之上的一种智慧。

一个巨大的火球在荒漠之边寂静升起。

而在月亮上,"阿波罗"带去的那座人的标志,仍在渴望更高的智慧来发现他们。

而在地上,大雪覆盖荒原,老狼也走到了生命的尽头。鹰群在高处向它炫耀新鲜的精力,在窥测它的行踪,并将赞美它所选择的墓地。老狼也要追寻着老鹿而去了,无论是谁,包括这些正在高傲地飞旋着的鹰,早晚都要去。不久将再来,在以往走过的路上重新开始展现和领悟生命。

而在家中,古老的大落地钟旁,菊花白色的花瓣散落一地,在根部保存起生机。

而在山里,在山下开阔的坡地上,在林间,在沼泽,在河的源头,在遥远的不为人知的地方,种子埋进冻土,为了无尽无休的以往继续下去成为无尽无休的未来。花开花落,花落花开,悠悠万古时光。

中篇1或短篇4

边　缘

那湖，并不大，十几个足球场的样子。

离开喧哗不息的市区几十公里，地势变化，起伏跌宕。山在前面大起来。能见度好的天气里，从市区也可以望见的那一脉远山，膨胀似的，大起来。山的各个部分，千姿百态相当复杂，山的整体却给人十分简单的印象。尤其是冬天。尤其在一夜罕见的大雪之后，到处是荒茫的白色，仿佛世界要回到初始的混沌。

前面的什么路段上交通发生故障。往山里去的车到这儿停下来，不走了。从山里来的车呢，一辆也没有。否则很少会有人在此逗留并注意到那一块小湖，不到中午也很少有人光顾路边的那家快餐店。

湖面,当然早已经冻硬。湖上、岸上、大路小路、山和快餐店的屋顶上,到处都盖着厚而且平坦的雪层。汽车孱弱地停在雪野里,被衬比得毫无尊严。旅客们纷纷朝那家快餐店走去,一路大声抱怨;嘴上的哈气一冒头,刚来得及抖一下,便被刺骨的严寒吞灭掉。雪,柔软洁白绵延无际,把一切嘈杂都压盖住或吸收去了,留下无比透彻的安静。但湖上似乎出了点事,接近对岸的地方有两棵并排的大树,有一堆人,远远地能看出其中有警察——一个或者两个穿警服的人;厚而平坦的雪层上明显划出一个大圆圈,不可能很圆,但很大,几乎把整个湖面都包括进去。

"这儿怎么啦?"最先进来的一个小伙子问。
"哪儿?说清楚。"快餐店的老板娘说。
"湖上,湖上不是出了什么事?"
"对了,是湖上,说清楚,不是这儿。"老板娘用指尖点一点她的柜台。
"怎么回事?"
"死了个人。"
"什么人?"
"喂,喝杯热咖啡,还是来点酒?"老板娘招呼随后进来的一群人。

有个五六岁的男孩儿站在后窗前的一把椅子上,举着一只小小的望远镜。刚才他可能正朝远处的湖面上瞭望,现在转过身数着进来的人:"一、二、三、四、五、六、七,没了。妈!七个!一共来了七个人!"

"知道了儿子,你跑一趟去叫你爸回来行不?"老板娘顾不上回头,又赶忙招呼围拢来的客人,"对不起啦各位,吃饭还得等一会儿。"她抬头看看钟,自语道:"还不到十点呢,谁想到今天人来得这么早?"

"嘿,我问你哪,"最先进来的那个小伙子说,"那个人是什么人?"

"您要是也不知道,这会儿就还没人知道呢。"老板娘扭开头,对他的语气明显地表示不满。然后她飞快地换成一副笑脸,向围在柜台前的其他人再说一声对不起:"快餐还得等一会儿,有各种饮料和各种酒。这么冷的天气,先都喝一杯吧。"

"好吧,"那个小伙子掏出一张钞票放在柜台上,"您给我来半升啤酒。"

老板娘量好半升啤酒,端给小伙子,目光中也带出一些歉意。

"请问死的是男的还是女的?"小伙子的语气客气了许多,但仍不免流露着焦虑。

"男的。一个老头。"

"有多大年纪?"一个戴眼镜的女人紧跟着问。

"那谁知道呢?"

"大概。"那女人往前两步,靠近柜台。

老板娘盲目地想一下。

戴眼镜的女人不眨眼地望着老板娘:"大概,估计一下,有多大岁数?"

"五六十?要不,七八十?"

那个小伙子已经松下心来,对老板娘笑道:"不愧是老板娘。你真说得对,管他五十还是一百,只要是男的就都是老头。"

老板娘竟有些恼,红了脸:"我说了我不知道。我们那口子光告诉我是个老头。"

小伙子顾自嗤笑着离开柜台,端着酒杯想找一个角落里的座位。但他发现两个最不惹眼的角落里都有了人,西北角上不声不响地坐着一个男人,东南角上同样静静地坐着一个女人,他们好像都对湖上的事缺乏兴趣。整个店堂呈正方形,有八九十平米,要在市区可以开一家大买卖。小伙子转了一圈,注意到后窗前的那个男孩,走过去。

一对温文尔雅的老人站在柜台前,面面相觑,望望窗外,又互相唏嘘。

老板娘:"一清早我们娘儿俩还正做梦呢,我们那口子就风风火火地跑回来跟我说,老天爷谁能想到呢,昨儿晚上那个老头死在湖上了。把我吓得!我们儿子要去湖上看,我不让。"

另一个男人,南方口音:"昨天晚上?说说看?"

老板娘:"还提呢!昨儿,天擦黑的时候,那会儿雪越下越大,看看不会再有人来了,我们那口子出去正要关门上板,就在这门口碰见一个老头。老头背了个大背包,呼哧带喘地往湖那边去。我们那位好心好意地问他,天这么晚了您这是要上哪儿呀？那老头头也不抬，说是去太平桥。哎哟喂老天爷我们孩子他爸说，上太平桥您怎么走到这儿来了？走错啦您，这儿方圆几十里没有我不知道的地方，哪有个太平桥哇？"

南方口音的男人："那么，太平桥在哪儿？"

"不知道，"老板娘接着说昨天晚上的事，"可您猜怎么着？那老头破口就骂，说这条道儿我走了一辈子了他妈的用得着你管？说，你瞎啦前头这不就是太平桥了吗？还说，我乍走这条道儿的时候你他妈的还不知道是个什么呢？您瞧瞧您瞧瞧，好心当成了驴肝肺……"

温文尔雅的老两口连连摇头叹气："唉，这个人哪！""这人可也真是老糊涂了。"

"也不知道他从哪儿来吗？"戴眼镜的女人问，脸色有些苍白。

"不知道。"老板娘继续说昨天晚上的事："这您说我们那口子还怎么管？回来跟我说，我说随他去吧。我们那口子还直不放心，说你看这么大的雪。我说你缺骂啦？他到前头找不着太平桥他还死在那儿不成？嗨嗨，可谁想到真就……今儿天刚蒙蒙亮，我们孩子他爸一开门，雪停了，远远地就见湖上不知怎么回事划了个老大老大的圆圈儿，这么早，平展展的雪地上怎么会冒出来个大圆圈儿呢？跑去一看，有个人躺在对岸那两棵大树底下，推推他，您猜怎么着？死了。"

老板娘的儿子——那个五六岁的男孩，举着望远镜向湖上瞭望；后窗的玻璃被雪色辉映得白亮耀眼，把他小巧的身影衬照得虚虚暗暗。那个小伙子挨近男孩，也向湖上望。接近湖对岸的那一堆人缓缓蠕动指指划划，但听不见声音。

小伙子："把望远镜让我看一下好吗？"

男孩不理他，也不朝他看一眼。

小伙子再说一遍："把望远镜让我看看，行不？"

"不。"男孩一动不动地望着湖上。

戴眼镜的女人、那对老人、南方口音的男人，便离开柜台都到男孩这边来。

老板娘于是喊："儿子！不是让你去叫你爸爸快回来吗？"

男孩不吭声，仍旧不动。

"我跟你说什么呢儿子，听见没有？"

男孩举着望远镜，连姿势也丝毫不变："不也是你，不让我到湖上去吗？"

老板娘茫然地想一想，理屈词穷，走出柜台，也到后窗边来。除去角落里的那两个人，大家都聚在这儿向湖上张望。

云，渐渐地稀薄，变白，天地茫茫一色。风，在湖面上、湖岸上、山脚下和树丛间卷扬起层层雪雾，一浪一浪地荡开，散落。

南方口音的男人："确实奇怪得很，到底为什么会有那么一个大圆圈嘛？"

"都是脚印，"男孩说，"那个大圆圈上面都是他的脚印。"

"都是他踩的，"男孩说，"踩成了一道沟。"

戴眼镜的女人："谁？谁踩的？"

男孩不回答，神秘地笑了一下。

小伙子："是那个老头？"

男孩松开手，让望远镜掉落在胸前，依然望着湖上："废话，还能是谁？"

大家都愣了一会，然后"噢——"似乎有点明白。老板娘拍拍男孩的小屁股，得意于儿子的聪明，然后看看每一个人，但是没有谁去理会她的骄傲。

南方口音的男人："给我用一用你的小望远镜好不好？"试图摸一下男孩的头。

"不。"男孩早有准备似的一弯腰，躲开他的手。

戴眼镜的女人："我呢，给我用一下行吗？"这一回还不错，男孩总算扭头给了她一眼，但仍然是一个字："不"。

老板娘更加骄傲起来，笑得厉害。

小伙子把酒杯倒过来扣在桌上，向门外走："去看看。"

戴眼镜的女人望着小伙子的背影，紧紧张张地不能决定，直到店门在小伙子身后摆来摆去摆来摆去慢慢停住，她才慌慌地追上去："哎，等我一下。"

男孩转过身，环顾店堂一周："一、二、三、四、五，妈！还剩下五个人！"然后从望远镜中饶有兴致地看每个人的脸。

温文尔雅的老两口随便拣了个座位坐下，各自要了一杯茶。南方口音的男人把头探进柜台，眼睛几乎贴在货架上，像一匹警犬那样上下左右琢磨了很久，最后什么也没买，退几步在两位老人近旁坐下，抽自己的烟。老板娘在他身后恨恨地盯了一眼，转出柜台，重又堆起笑去招呼角落里的那两个人。

89

"这位先生,您喝点儿什么不?"

"喝什么?"西北角的男人仿佛一惊,站起身:"噢噢,一杯咖啡吧。"

老板娘再反身在店堂中走一条对角线:"您呢,想要点什么?"

东南角的女人说:"随便什么吧。好的,就要杯咖啡。"

店堂里一时安静下来。只有匙杯相碰发出的微细声响。只有茶杯轻轻地脱开桌面又落回桌面的声音。

老两口中的一个:"你也不记得太平桥在哪儿吗?"

老两口中的另一个:"不记得。"

"也没有印象,大概在什么方向吗?"

"我现在想,是不是真有那么个地方。"

老板娘给录音机接通电源,随手拣了一盘磁带装上,按下一个键。

"要我看,"老板娘说,"那老头准是碰上'鬼打墙'了。"

南方口音的男人:"是的是的,他在湖上有可能是'鬼打墙'了,但是在这之前呢,他说要去太平桥,他还说前面就是太平桥,这怎么理解?"

老板娘:"那,依您的高见呢?"

"我很怀疑,他到底看见了什么?"

钢琴声,似有若无。确实是钢琴声,轻轻的,缓缓的,一首非常悠久的曲子。窗外的雪地上有了淡淡的阳光。店堂里的光线随之明亮了许多,雪反射了阳光,甚至把窗棂的影子朦朦胧胧地印上天花板。钢琴声轻柔优雅，在室内飘转流动，温存又似惆怅，仿佛有个可爱但却远不可及的女人迈动起纤纤脚步。

后窗前的男孩忽然转回身，喊道："妈，我害怕，妈——我害怕——！"

几个人急步向窗边去，悚然朝湖上望。

"怎么啦儿子？"老板娘搂住男孩，觉出他在发抖。

湖上没有什么明显的变化。

老两口互视片刻，安慰男孩也安慰自己："不怕，没有什么事，别怕。"

男孩："把录音机关了，妈，你把它关上。"

"为啥呢倒是……？""你把它关上，关上——！"

"这孩子今儿可真是怪了，平时你不是爱听它吗？"老板娘说着走过去关了录音机，再回到儿子身边来。男孩偎依在母亲怀里，安稳了些。

南方口音的男人眯起眼睛望着湖上，侧耳谛听很久。然后他弓下身，目光依然不放弃白皑皑的湖面，在男孩耳边问道："告诉我，你都看见了什么？"

过了差不多两小时，风大起来，前面的交通故障还不能排除。又一辆面包车在快餐店门前停下。

男孩举起望远镜。"一二三、四五六、七八、九。妈，妈——又来了九个！"现在他显得很快活，站在椅子上手舞足蹈，并且哼唱起一支古老的儿歌。后窗灿烂的光芒勾画出他幽暗的身形，就像个皮影。

九个人先后进门。老板娘团团转："喂，有快餐盒饭，有荤的有素的。"

"听说那边大树下，死了个人？"

"对，一个老头。喂，有酒，还有各种饮料！"

"怎么回事呢，凶杀还是自杀？"

"请坐吧，都请坐吧。这么冷的天儿，先都喝杯热饮再吃饭吧。"

新来的几个人不急于落座，围着老板娘，围着那对温文尔雅的老人和那个南方人，询问湖上的事，叽里呱啦南腔北调一团嘈杂：……噢，是吗？……昨天晚上？……对，开始下雪了……太平桥。什么太平桥？……不，不记得。真的有这么个地方？……没人认识他？……到底怎么回事呢他从哪儿来？……

老板娘冲出重围："劳驾劳驾，怎么回事我也不知道。"这时她见那个小伙子和戴眼镜的女人回来了，就说："要问就问他们吧，他们刚从湖上回来。"

"喂，怎么样了？"老板娘自己先问。

戴眼镜的女人好像把离开时的惶恐和焦虑都丢在了湖上，微笑着，一边踢踢踏踏地跺脚一边擦去眼镜上的水雾："冷死啦冷死啦，湖上好大的风噢。什么？哦，让他先说。"她望一眼小伙子，那光景他们已经很是熟悉了。

小伙子："不错，你那宝贝儿子说对了。那圆圈整个是那老头踩出来的。"

戴眼镜的女人:"他在湖上一圈一圈整整走了一宿,把那一圈雪踩得又平又硬。不不,不像是'鬼打墙'。"

小伙子:"不是'鬼打墙'。他不像是迷了路。他肯定是以为走到了他要去的地方,这才躺下来。喂老板娘,再给我一杯酒。"

戴眼镜的女人也要一杯。她很美,皮肤很白,戴一副细边眼镜,很文雅。

小伙子:"他在湖上一圈一圈至少走了有四五十公里,最后在岸边看见了一块大石头。对,就在那两棵大树下。那石头两米多长一米多宽平平整整,邪门儿了,正好像一张床。看得出,他死前并没有迷了路的那种惊慌失措,他完全相信那是一张床。"

戴眼镜的女人:"他走到床前,他以为他走到了床前,脱了鞋,还把一双鞋端端正正地摆好——想必这是他几十年里养成的习惯,然后爬上床,脱了棉大衣把棉大衣当被子,躺下,把自己盖好。就这样。"

"有条不紊,看不出他有过一点慌张。"

"睡之前他还吸了一支烟。就这样。"

"他身上、衣兜里,什么也没有。没有一点能说明他身份的线索。"

"发现时,他死了并不久。就这样。"

"是我们那口子最先发现的。"

"那时候天也就是刚刚亮,对吗?"

"天刚蒙蒙亮。"

戴眼镜的女人看看手表:"就这样。现在是一点,他死了七八个小时了。"

没有人说话。都望着后窗。

过了一会儿,小伙子也看看手表:"噢,是吗?老板娘,给咱们开饭吧!"

"喂,都有哪位要快餐盒饭?该死的我们那口子怎么还不回来!"老板娘满腹怨气地朝湖上望望,顺手在录音机上换了一盘磁带,按下一个键。"有酒,也有烟,有各种饮料!"

这一回是一首提琴曲,开始的节奏急切、跳跃、断断续续,继而低回旋转、悠悠荡荡连成一气,反反复复地加强着同一个旋律。仿佛在一片大水之上,仿佛有一条船,仿佛是一个水手驾了一只木舟。窗外,丝丝缕缕的残云在天上舒卷斯缠,风刮起雪尘肆无忌惮地扬洒在空中,太阳把它们照耀得迷蒙灿烂。一只提琴孤独地演奏,拨弦,弓在弦上弹跳,似乎有些零乱,然后是一阵激动的和弦、变奏,渐渐又透出初始的旋律,缠绵如梦……仿佛有桨声,有水声,有船头荡破水面的声音,仿佛有喁喁的话语。

男孩又喊起来:"妈我害怕!妈——我害怕,我害怕——!"

人们呼啦一下又都聚向后窗。除去西北角那个男人和东南角的那个女人。

"妈你把它关上,把它关上——"

"天哪可真是怪了，今儿这孩子是怎么了？"老板娘说，忧心忡忡地看着众人。

"关上——！快把它关——上——！"

老板娘赶紧过去关了录音机，回来，搂住瑟瑟发抖的儿子，轻轻抚摸他的头，攥住他冰凉的小手，大气不出地盯着湖上。

湖上仍然看不出有什么特别的变化。

新来的一个人问："湖上那些人，他们在等什么？"

"可能在等新的线索。""可能，正与电视台联系，寻找老头的亲人。""等他的亲人，或者朋友。""也可能等运尸的车来。"

新来的人中有七个出了店门，到湖上去。

老板娘喊："喂，见着我们那口子让他快回来！你们就问谁是快餐店的老板，对，那就是我们孩子他爸，让他马上回家来！"

南方口音的男人也走到门外，站在台阶上抽了一支烟，又回到店堂里。他看看男孩已经又在母亲的怀中玩耍了，便凑近来盯住男孩的眼睛问："你看见湖上都有什么？别害怕，告诉我，你还看见了什么？"

文质彬彬的老两口颤颤地说："别，别再问他。""你看他刚刚好些了。"

老板娘茫然无措，不知该听谁的。

男孩似乎把刚才的恐惧全忘了，又高兴起来，举起望远镜看屋子里的每一个人："一、二、三……妈，现在还剩九个。"

一个新来的人："把你的望远镜让我看一下，行吗？"

男孩端着望远镜看,不理他。

另一个新来的人:"给我看一下就还给你,怎么样,行不行?"

男孩从望远镜中看每一个人,对上述请求毫无反应。

最先来的那个小伙子喝着酒,笑笑:"你们休想。这孩子邪门儿了。老板娘,你这儿子将来是个人物。"

"至少,"戴眼镜的女人说,"你这儿子能把你这小店守得牢牢的。"

但这时男孩从母亲怀中挣脱出来,下地,径直朝东南角走去。他走到那个女人跟前,站下。东南角的女人仿佛很疲惫的样子,从始至终一声不响,让人担心她是不是病了。男孩站在她跟前注视了她好一会儿,她才发觉。

"噢,你好,"她说,"有什么事吗?"

男孩:"你想不想用一用我的望远镜?"

"噢,当然好。可用它看什么呢?"

"湖上,你可以用它看看湖上。"

"对对。好,让我来看看。"

下午四点多钟,湖岸上又来了一辆警车。红色的警灯一闪一闪,灭了。几个警察再次围着死者拍照:全景,近景,局部。摄像机对准老头平静的脸,推近拉开,推近,拉开,然后摇拍远景。

鲜艳的落日挨住了山顶。山的某些被照耀的细部,更加复杂、真切。风把天空刮得非常干净，山的全景依旧十分简单、甚至抽象。大山的影子倒下来，渐渐淹没了那两棵大树的影子，像黑色的油那样缓缓浸染着雪层。湖面上一半晦暗阴郁，一半灿烂悦目。雪层，和雪层上的那个大圆圈一点也不融化。

没有迹象表明前面路段上的交通故障可以很快排除。快餐店门前，有些汽车掉转头准备往回走了，发动机隆隆作响，排气管喷出一股股白烟。

"一、二、三、四、五、六、七，妈！走了七——个！"老板娘的儿子说。

阳光斜进快餐店的窗口。窗棂的影子一条一道，起起伏伏落在店堂中央的地上、桌椅上，落在人的身上、脸上。

从湖上回来的人说，在一尺多厚的雪层下，找到了老头的那个大背包。

"怎么知道一定是他的呢？"

"背包里有一张他年轻时的照片。很旧了，已经发黄，表面布满了裂纹。"

"是他？"

"很明显，那是他，是他年轻的时候。"

"是从一张合影上剪下来的。"

"噢？"

"照片的一侧，残留了一个女人的肩膀。"

"肯定是一个女人？"

"看得出，她穿的是一件碎花旗袍。"

"他呢？"

"他嘛，看样子那时他有三十多岁，很普通，一张最容易被人忘记的脸。"

老板娘一次次到门外去，张望她的男人。"该死的，还想不想回来！到底是上哪儿去了……"

男孩又唱起那支古老的儿歌，唱得零零落落，不时向他的母亲报告湖上的情况。"妈，妈——！他们把他抬上汽车啦。"

人们喝着酒，喝着咖啡和茶，漫不经心地扭转脸看一看窗外。往山里去的路还没有修好，往山里去的车无声无息还停在雪地里。

"没有他的地址吗？背包里有没有什么可以证明他身份的东西？"

"没有。"

"背包里有一袋米、一罐油、一盒糕点和一包糖果。就这些。"

"还有几只漂亮的发卡。就这些。"

"对啦，还有几个红色的纸袋，每个纸袋里一沓崭新的钞票，一元一张的，十张。"

"会不会是压岁钱？"

"是压岁钱，再有几天就过年了。"

"啊对，还有些烟花爆竹。再没了。"

"还有一个礼拜，就要过年了。"

"这条路常出故障吗？"

"但愿今天夜里咱们都能回到家吧。"

男孩像模像样地扭着胯，扭着小屁股，扭出欢快的节奏，把那支陈旧的儿歌唱出崭新的激情。阳光不知不觉地消逝，昏昏暗暗的后窗把男孩的身影融化进去。风更大了，风声很响。"汽车开啦，妈！他们把他运走了。"几乎分辨不出这声音是从哪儿发出的。

老板娘扭亮了灯。昏黄的灯光让人打不起精神。老板娘走近录音机，但偷看一眼她的儿子，踌躇片刻，又战战兢兢地走开。

天黑起来的时候，往山里去的路通了。一二三四五六七，有七个人站起来，依次出门，打算进山去。男孩从望远镜中看他们怎样走出去，看店门在他们身后怎样摆来摆去摆来摆去，看风怎样把碎雪从门隙间吹进来并且在门前化成水。男孩看见东南角上的那个女人还在，望远镜从那儿走一条对角线，男孩看见西北角里的那个男人也没走。

老板娘思虑良久，对男孩说："我出去看看，不知你爸爸到底哪儿去了。"她看看角落里的两个人，把话甩给他们听。"我不会走远，我就到门前的大路上，绝不走远。"

"一、二、三。"男孩子把他自己也数进去，店堂里连他总共剩下三个人。

男孩从望远镜中看到：东南角的女人终于向西北角走去。

男孩看到：她走到西北角那个男人近旁停下脚步，站着，一言不发。

男孩看到：男人点了一支烟，吸了两口，才转过脸来，望着女人。

窗外一团漆黑,风声压倒一切。

男孩听见女人说:"这么久,你还没有认出我吗?"

男孩听见男人并不回答。男孩看见,男人的眼睛里和女人的眼睛里,都有一层亮亮的东西涌起,涌得厚厚的。

男孩悄悄溜进柜台,按响了录音机,躲在柜台后面。窗外,漆黑的雪地上走过漆黑的风声。然后是一把吉他,一把要命的吉他,响起来,颤抖着响起来……仿佛在那颤抖的琴声前面和后面,都有着悠久的时间。男孩像那琴声一样,颤抖着,蹲下,把双膝紧紧抱在怀里。

很久很久,男孩听见那女人对那男人说:

"我等你,我们一直都在等你。"

"我们等你,我们到处找你。"

"我们找你找了,一万年。"

局　部

我知道,这之前他们一直都在找我。

这么多年他们一直也没放弃找我。

我知道早晚他们会找到我。他们找到我就是把我杀了，说实在的，我嘛，我也没有什么好抱怨的。换了我是他们我又能怎么办呢？杀一个叛徒不像杀一个别的什么，无论怎么讲，于情于理都是讲得通的。

我是个叛徒。叛徒，我看不用再怎么解释了，叛徒这两个字家喻户晓。

不不，不是冤案。可能有些"叛徒"是冤案，我不是，真的我不是。没人冤枉我，没有，真没有。我真是叛徒，不骗你。唉——，但愿还能有人信我的话，我希望不要因为我曾经是个叛徒，就再也没人肯相信我。相信我，至少我不是无赖。我认账。我罪恶深重我死有余辜，我都承认。我干过的事我一件都不抵赖。不翻案，我不翻案。

当然，也翻不了。

尽管如此我还是想说：该平反的平反，该翻案的翻案，我不浑水摸鱼；我知道自己是怎么回事。世上确实有冤狱，也确实有真正的叛徒，实事求是。从小，母亲，还有父亲，就希望我长大了至少做一个诚实的人，不管发生了什么都要实事求是。那时候，每逢过年，父亲给我买一些烟花爆竹，母亲给我一点压岁钱，我伸手去接，他们先不给我，他们先问我：在过去的这一年里你是不是一个诚实的孩子？我说是。他们说：再想一想，要实事求是。我再想一下，说是，或者说不是但明年我会是的，然后父母才把那些过年的礼物送到我手里。

我这么说，并不是要求宽恕。

自打我成了叛徒，多少年来——多少年了？有一万年了吧？——我心里非常清楚，就剩下实事求是能让我保存住一点点良心了，也是我唯一的赎罪方式。只有这样，我偶尔才能睡一宿好觉；才能在夜深人静却无法入睡的时候喝杯酒，指望随后可以梦见那些唾弃了我却总让我想念的人；才能在每年的清明，为我的父母和被我所害的人烧几张纸；才能悄悄地舒一口气，才能活下去。

够多滑稽是不是？总能找到活下去的理由。我的一切罪恶就出在这儿：贪生怕死。

照理说，我还活的什么呢？

有很多年，我从这儿跑到那儿，从那儿跑到这儿，隐姓埋名怕有人认出我，怕他们找到我。想象他们找到我的情景，比想象他们怎样处决我，还可怕。与其让自己人把我处死，真不如当初死在敌人手里。当然，他们早就不把我当自己人看了。我不敢想象怎么面对他们，我不敢想象在哪一年哪一天，在什么地方、什么情况下，他们忽然找到我。但是每年每月每时每刻，我都强迫着作这样的想象。一种强迫症。理智上并非不知道应该怎么办；应该不想，或者，应该去死。清醒起来，我知道我不如尽快去死，像我这样的人只有死路一条早晚还不是一样？那么麻烦别人倒不如自己干还要光彩些。让自己人——我是说让那么多好人——恨着骂着、蔑视、唾弃然后把你找到，就像找到一只史前动物那样惊异于你怎么还能活着,与其这样,真不如自己知趣早早地去死了吧。活得没有一点让人看得起的地方,就不能死得勇敢一点至少爽快一点么?想是想得挺好,可一着手去做我就又害怕了,下不去手,自己下不了自己的手。刀子、绳子、河边、楼顶、毒药……办法是不少,决心也不小,关键是得真干哪。真要去干了这才看出我是个天铸地造的叛徒胚——贪生怕死,禀性难移。一个人像我这么怕死真是无可救药了,活到我这个分上还怕死,真让人失望。你有多怕死你就有多愚蠢,我是说我。人的怕死和人的愚蠢,你怎么估计都不过分;当然,并非所有的人都是这样,我是指我自己,并不是所有的人都像我这么废物。好人们看我活得就像条狗。我自己最明白,我活得未必比得上一条狗。我的那条狗活得比我有道理。我到这大山里来之后养了一条狗,我东躲西藏了好多年然后在这片大山里住下了,养了条狗,它活得比我有用比我自信。它无条件地跟着我,除了春天它不知跑到哪儿去疯一阵子它从不离开我,它除了离不开我就只醉心于那片大山,它每天望着四周的大山玩一会儿然后睡一会儿,活得坦然自在。唉,但愿来生吧。但愿那时我能做到宁死不屈,但愿来生我能有这样的品质,能够那么勇敢和那么明智。宁死不屈,确确实实是明智的:死了,是无比的光荣,没死呢,得到大家的尊敬和爱戴,自己也更信任自己,自己也更看得起自己。关键是你得经得住打,经得住各种刑法的折磨,不怕死。

那座城市，我已经有很多很多年没去过了。我在那儿出生，在那儿长大，又在那儿成了叛徒。自从我成了叛徒逃出那座城市，很多很多年里我没有回去过一次。起初我是觉得没脸见人，没有比叛徒更卑鄙更丑恶的东西了；我从小就知道，谁都是从小就知道。尔后我才意识到他们不会饶过我，他们必定在全力寻找我，在没有证据说明我已经死了之前他们不会放弃这样的努力。这是对的，这完全应该理解：当然不能让一个出卖了别人也出卖了自己灵魂的人，就这么逍遥法外。我不敢回去。

　　不敢回去的原因还在于，我不想触景生情又回忆起我被敌人抓住以及此后种种可怕的情形。我一心想到大山里去，到深山野林里去，越是荒凉偏僻越是人迹罕至越是交通闭塞风气不开，越好，到一个没人认识我的地方，开荒种地自食其力了此一生。我以为这样就能把一切都忘掉，把善与恶都忘掉，把所有的人都忘掉包括把自己也忘掉，统统忘掉。

　　事实上这办不到。除非去死，你什么也忘不了。良心的规则跟下棋的规则类似，即便是棋错一步满盘皆输，那你也不能悔棋。然而生命的规则却又不同于下棋，生命已经被开垦过了，除非去死你不可能重来一盘。可我正是因为怕死才成了叛徒的呀。实际情况很可能就是这样：你要是看重良心你就别怕死，你要是怕死你就别在乎良心。可是，你又牵挂着良心又舍不得性命，我是说我，像我这样的人可还有什么出路么？

　　很多年很多年以前敌人把我抓住，先是劝导我，说我年轻无知受了人家的骗。实事求是地说，那阵子我表现得很像回事。我一一驳斥敌人，历数他们的罪行，揭穿他们的谎言，以严谨而且精彩的逻辑证明他们的虚伪，我那时生气勃勃才思敏捷滔滔不绝——可不像现在这么没用，质问得敌人瞠目结舌理屈词穷。好歹我这一辈子也算大义凛然慷慨陈词过那么一回。那感觉真不错，觉得自己是那么崇高，真是一种幸福。我想，我那时看上去一定是非常勇敢。事实上不是那么回事。我想我有幸能够勇敢了那么一阵子，归根到底是因为我坚信我的信仰是对的。但正是因为这样，我才是一个货真价实的叛徒。或许有必要把叛徒的概念界定一下：一种情况是，经过劝导，你真的相信是你错了，你真的认为你是受了骗，于是你放弃了你原来的信仰，那么你不应该算叛徒，你只是改变信仰罢了，信仰和改变信仰那是一个人的自由不是吗？另一种情况是，敌人，譬如说用高官用金钱或用美色来引诱你，于是你就放弃了你原来的信仰，那么依我看你也不是叛徒，因为这说明你原来就谈不上有什么信仰，你只不过是找错了升官发财和享乐的途径，你本来就是个利禄熏心贪图享乐的人，现在你只是调整了你的经营方式你并没有背叛你的初衷。再一种情况也就是我的情况，我一点不怀疑我的信仰，我懂得那是唯一正确的道路，我至今都相信那是人间最最美好的理想，可是，在死的威胁下我放弃了它，背叛了它，为了活命我出卖了它，这就是彻头彻尾的叛徒。

铁案如山。

劝导无效，他们就打我。我是说敌人。敌人开始打我，给我用刑。

我不想说这些事，不想说那些细节。残酷残酷，无非是说那些刑法有多么残酷，说这些干吗？为自己开脱罪责？不管多么残酷，不是有人挺住了吗？那就是说人是可以挺得住的。人折磨人的方法，和人经受折磨的能力，都是能让人自己为之震惊的。我不想说那细节还主要不是因为这个，主要是因为那场面太让人觉得屈辱。他们就像揍一条畜生那么揍你，就像打一只苍蝇那样恨不能一下子就打死你，就像摔一堆破盆子烂罐子没头没脑地把你摔来摔去，就像猫摆弄一只耗子，他们一踹就把你踹得跪在地上，你好不容易又站起来那好他们再踹再把你踹得趴下，你别指望还能保持什么尊严，他们把你围在中间像轮奸似的那么轮流着揍你，东一鞭子西一棍子，揍得你满地乱滚，浑身是土是汗，满脸是血是泥，你不可能不呻吟不可能不把身子蜷缩起来，别相信电影里那些有分有寸的拍摄，你的衣裳不可能只是在肩膀上或后背上撕破那么一小块，你被打得连裤子全都掉下来这一点儿都不算新鲜，甚至那个最要命的玩意儿都哆哆嗦嗦的上面沾满了土，他们就用不管是鞭子还是棍子去拨弄它还他妈的笑着，你想想看那原本可是为了做爱的呀。这时候，你要是还能相信，你是人，说实在的，那也就不算是一件很容易的事了。这时候，你要是还清醒，你会觉得以往的人间很可能全是幻觉，什么上学啦你要衣着整洁尊师爱友那些小时候的事，后来长大了又是什么要注意言谈举止彬彬有礼要尊重别人也要自尊,什么文明礼貌什么文雅潇洒风度翩翩什么讲究卫生注意营养还有什么什么——碰破块皮还要小心翼翼地上一点药?那全是假的,全是幻觉,是梦要么就是谣言。人哪,真是神秘真是不可思议,任何时候你都不敢说你是在梦里还是从梦里醒来了,你在梦里是不是也可以再做梦呢?你醒来了是不是还可以再醒来呢?别再说这些事了,我怕我又糊涂了,又不知道自己这是在哪儿了。我一度精神不大正常。我老是得不时地这么掐一掐自己的大腿,感觉一下疼不疼,等一等看,会不会又醒过来。习惯了,其实没用。

我说我精神一度不大正常没别的意思。我不要求宽恕。请相信我。

其实在梦里你也能想起来掐一掐自己的大腿,你也能有疼的感觉,于是你欣喜若狂以为这一回不是梦了,可这么一欣喜若狂那才妙呢,忽悠一下你就醒了。有一回,我梦见我爱过的那个女人在大山脚下的那个小湖边把我找到了。我的那条狗把她领来,把我找到了。湖水清冽,波光潋滟,小时候读过的那篇古文中怎么说的?"近岸,卷石底以出,为坻,为屿,为嵁,为岩。青树翠蔓,蒙络摇缀,参差披拂。潭中鱼可百许头,皆若空游无所依。日光下彻,影布石上,怡然不动;俶尔远逝,往来翕忽……"正是那样。绿草茵茵,山青水碧,轻风徐徐,树影婆婆,正是这样。湖岸上,她向我走来。我那条狗走在她前面,想必是它领她来的。她走到我跟前沉默着看了我很久,然后说:"我一直在等你,我们到处找你。"她含着泪对我说:"你不是叛徒,真的你不是,你弄错了。"可我干过的那些事呢?"那是假的,"她说,"那是梦,是你做过的一个梦。"可我怎么才能知道现在这不是梦呢?她叹一口气:"你看。"她让我看她身上那件碎花的旗袍。细细碎碎的小花真真切切,一团团一片片都带着她的体温和汗香,连贴边上密密的针脚我都一一看过。这是真的?这真是真的?她擦去泪水,微笑着:"你真是梦怕了。"我仍然不敢相信,就掐着自己的大腿,围着那片湖水满腹狐疑地走。她跟在我身后,说:"跟我回家吧,回太平桥去。"她这么一说,我想我倒得先验证一下她是否真是我爱过的那个人,我猛地转回身问她:"你还是在太平桥经营着那个小酒吧?"她点点头说:"这么久你都到哪儿去了?我们一直在等你回来。"我低头想了一会儿,心里盘盘绕绕的有点糊涂。她又说:"不信你看呀。"我寻着她所指的方向看去,看见我的父母、亲人一二三四五六七都来了,看见我的朋友,一二三四五六七八九,他们都来了,他们毫无恶意毫无轻蔑毫无仇恨地望着我,他们有说有笑互相随随便便地交谈着向我走来。真的这回真是真的啦我想,我再把他们一一从头到脚看个仔细,抓住他们的手抓住他们的胳膊抓住他们的衣襟这回错不了啦我想,这回到底是真的了我说,是真的当然是真的他们也都说。"回家吧,"他们说,"再有几天就要过年了。"我就在那湖边的一块大石头上坐下,痛痛快快地哭。我那条狗蹲在我身旁一会儿看看这个一会儿看看那个,嗓子里哼哼唧唧的,眼神也是那么又悲又喜似的，我想这还会错吗？我哭了又哭心里那个舒坦、那个轻松、那个庆幸、那个高兴啊……然后忽悠一下，醒了。还是醒了。就这么忽悠一下，睁开了眼，非常简单。

忽悠一下。一秒钟都没用。

甭提有多简单了。

醒了，还是那条结结实实的炕，还是那间空空落落的屋子，还是我，一个人，后窗外是那片湖，一片白，远处是大山，白茫茫天地一色，下雪了，下了一宿大雪这会儿已经停了，太阳出来，雪地上和山谷里，飘浮起空蒙寂寥的光芒。有个孩子的声音，也许一个也许几个，在说歌谣：一一、一二三，打江山；二二、二三四，写大字；三三、三四五，烤白薯；四四、四五六，亲骨肉；五五、五六七，七七四十九，九九八十一，捡个骡子当马骑！童谣，没人知道是什么意思。阳光照进屋里，门前两棵老树，树干的影子倒进来，斜着，把屋子分开成三块；早晨是西边的一块最小，中午有那么一会儿三块一样大，然后树影继续移动、延长，傍晚时东边的一块最小，越来越小变红变暗，每天都这样。我的那条狗卧在院前，卧在两棵老树之间，每天都这样。它不叫，它已经老了，很少有什么事还能让它大惊小怪。并没有院墙，一直可以望到大山，四周连绵不断的大山，没有公路通到这儿。太阳东山出，西山落，每天这样。月亮圆了，月亮缺了，月影走过湖面，月月如此。那片湖并不大，几十个足球场的样子，差不多也就那样。山绿了山又黄了，湖水封冻了，湖水融化了，年年如此。沿湖岸，错错落落十几户人家，春种秋收生儿育女，祖祖辈辈就这样。

说实在的，严刑拷打我还是经受住了不少，有个把月我什么都没说。实事求是，我不是想要求宽恕。可是慢慢我明白了，就这么打下去非把我打死不可。最后无非两种结果：要么我招供；要么我以后的日子就只剩了坐牢和挨打，不打死我就不算完。敌人明确地说："你别以为我们不敢打死你，你不算个什么重要人物。"这下我害怕了，我相信他们会的，会打死我，我无足重轻。

不知道为什么一听见死我就害怕了。只知道这一害怕，把我全毁了。

越害怕就越害怕，越想越怕。

我那时候二十一岁。我躺在牢房里越想越委屈，就这么就完啦？所有的愿望，所有的准备，所有的梦想令人激动的种种梦想，长大吧快点长大吧一天天盼着长大去实现那些梦想，终于长大了接近那些期待了，按捺不住的期待眼看着就来了……然后忽悠一下就这么全完了？再也没有了再也不可能有了？黑暗，无穷无尽的黑暗、虚无、无着无落，噢天哪那是什么？也许连黑暗连虚无都没有，那会是什么？什么也没有，谁都没有，自己也没有，没人知道你到哪儿去了，你死啦，死啦死啦死啦，死啦，什么也没有死啦，什么也看不见也摸不着什么也干不了，死了……这时候我才懂了活着有多么好，我才发现我是多么想活。

小时候，我这么想象过一回死，想到最后我赶紧跑到母亲身边偎依在母亲怀里："妈，我害怕。"父亲走过来问我："怕什么？你看见了什么？"我不回答，母亲搂住我，我觉得安全了。我问母亲："妈，死疼吗？"母亲愣一下，望望窗外，把我搂得更紧些，说："想那个干吗，那还早着呢，还早着呢。"我想是呀还早着呢，还有好多好多年呢，这样，很快我就不去想它了。

可现在，死这么快就来了，没想到会这么快。我才二十一岁。我躺在牢房里委委屈屈地哭起来，一边哭我一边想到我甚至还没结过婚呢。我爱着一个女人，就是我梦见在湖边把我找到的那个女人。事实上，我还没来得及对她说过什么。我有把握她对我印象不错。在漆黑的牢房里我肆无忌惮地哭着，想着，越想越相信她对我印象不错，要是我对她表白她不会拒绝我的。我真后悔为什么我早点没对她说，有什么可不敢对她说的呢，要是我知道我这么快就要死了我一定敢对她说。至少她不会一下子就拒绝我。有一次好几个朋友一起吃饭，她一定要挨着我坐，那不像是偶然的。人多，坐得很挤，我们俩几乎是紧挨着了，我先还尽量躲开一点，后来我发现她并不躲，好吧我也不躲试试看，结果我不躲她也没躲，那不像是无意的。我永远都记得她的体温和汗香。那一天有点让我神魂颠倒，夜里想起来觉得很紧张。她长得很美，皮肤很白，戴一副黑边眼镜很文雅，不不绝不是什么"情人眼里出西施"，第一次见到她我就发现她很美，不是漂亮而是美，很美，而且很文雅。她年龄比我大，这并不重要。我第一次见到她是在长途汽车上，汽车在半路停下来，下着大雨，前面的什么路段上交通发生故障，汽车都停下来。旅客们都到路旁的一家咖啡店里去。咖啡店很小，所有的座位上都有了人，上帝的安排只有我和她没有座位。有一扇后窗，很高，很窄，窗台却很宽。我把咖啡放在窗台上，她走过来也把咖啡放在窗台上。雨很大，窗外是茫茫雨雾和隆隆的雷声。我和她站在后窗前，上帝的安排，我们必然要互相说些话。雨一直没停，前面的交通故障一直到天快黑时才排除，上帝的安排，我们俩先是站在后窗前，后来就轮流着在窗台上坐会儿。她很美，很有文化很有思想，很有修养，又很有激情性格很开朗。我呢，我那时才思敏捷自命不凡，不管什么事一点就通，不仅理解得快还能加以引申，虽不免有穿凿附会之嫌但凭着机智总能跟上她的思路。她坐在窗台上。她身后的玻璃上，雨水一层层抖开、一浪一浪地铺落，闪电不时照亮那面玻璃，照亮她和我。我对她一见钟情。雷声雨声一刻都不减弱，为了听清我的话或是为了让我听清她的话，她一次又一次把头凑近我，我感到了她的呼吸，甚至听见唾液在她喉咙里纤柔地滚动。渐渐地，我头一次感到自惭形秽，感到自己才疏学浅却还自以为是，不懂装懂，真是可怜可笑。不过看来她挺喜欢我。天黑前我们成了朋友，我胆怯地问，我们可以做朋友吗？她说，当然。这是上帝的安排。正是她的引领和介绍，使我找到了我信奉终生的理想……不不，是信而未奉，我是个叛徒。

有一回我到她的住处去。

晚上，她正在浴室里。她在浴室里喊："请进！"

她在浴室里说："你先在客厅里等一下。"水声，喷洒溅落的水声。她说："你坐，我马上就好了。"

我坐下。水声不断。水落在地上的声音，和不是落在地上的声音，使我想入非非。那浴室的六面想必都应该是墨绿色的，墨绿的和雪白的，都挂了晶莹的水滴，灯光在水雾中尤其飘幻宁和，深暗的影子摇动着那墨绿的，和勾画出雪白的……我觉得身体里和灵魂里都一阵阵颤抖，慌忙地抽烟、看报纸，然后不得不跑到阳台上去，努力驱除对那色彩和对那些水声的渴望。我躺在昏暗的牢房里，铁窗外有几盏星光，心里又翻动起那样的渴望。"喂，你干吗呢一个人在阳台上？进来。"水声停了，她从浴室里出来，头发还是湿的，穿一件紫红色睡袍。她舒舒坦坦地坐下，散散漫漫地跟我谈话。我想，对啦，应该是紫红的，紫红的和雪白的，我眼前便出现那样的画面：紫红的、静的、浑然缥缈的，和雪白的、动的、真实的鲜活的……我害怕我的眼睛里已经流露出了亵渎。"喂你怎么走哇？"我走了。我这辈子，什么都让这"害怕"二字给毁了。我成年累月地渴望那水声和那水声停下来的时刻，想象墨绿的、紫红的和雪白的。躺在清冷的牢房里，晨鸟开始啼鸣，我知道如果不招供我也许都活不到夜鸟归巢的时候，我将死去，我将没有结过婚就死去，我将没有感受过女人就这么死去，我将没能对我所爱的女人表明我的心意就死去，永恒的黑暗和无边无际的虚无那是什么？天啊，那些墨绿的、紫红的和雪白的……

第二天敌人再拷打我，那些刑具一摆出来我就哭了。这一下全完了，这是我毁灭的开始。这一下敌人知道他们很快就要赢了。他们更加自信了：就这么打下去，变本加厉地打，打下去，用不了很久他们就要赢了。果然，我没能让他们失望。就这样。

我只想到，我要是就那么死了我就再不可能得到她了。我竟然没想到，我叛变了我也一样不可能得到她了。事实上，当我疏忽大意地在那趟车上胡言乱语让敌人盯了梢的时候，这件事就已经注定了。当我走进那家小饭馆，还是那么放松着警惕，自命不凡地跟一群人高谈阔论的时候，一切就都安排定了，我已经再不可能得到她了。

敌人把我放出来的那天我才明白这一点。

那是个阴云密布的下午，看样子就要有一场大雪。我听见路上的人说，就快要过年了。敌人把我入狱时的那个大背包还给了我，里面还有一点钱，我买了一袋米、一罐油、一盒糕点和一包糖果，心想快过年了，回家去应该给父母买些年货。买了，这才想起父母每年都要问我的话，"在过去的这一年里你是不是一个诚实的孩子"，虽然我已经不是孩子了，但二十一年中这已成为父母向我祝贺新年的习惯。我这才想起我是不能回家了。

我出了城，无目的地沿着公路走。天快黑时下起雪来。

我独自在大雪中走了一夜，并不考虑方向。从我被敌人抓住的那一刻始,一切就都晚了,我无论如何都回不了家了。也许这件事决定得还要更早些。在我还没有看出保持警惕是多么重要、在我还没来得及改掉自命不凡的坏习惯就有了自己的信仰之时,这件事就已经决定了。

天蒙蒙亮时,雪停了。公路上有了汽车。我用尽身上所有的钱买了一张车票。售票的老头问:"去哪儿?"无所谓去哪儿,我想,越远越好。

我在东北的大森林里待过几年,在那儿伐木。我到过南方的海岛,打过几年鱼。我还到过西北,黄土高原,贩过几年盐和牛。我跟着一个江湖医生学了些医道,先只是为了自己的保健(我一度病得厉害差点死在滇西的一个小寨子里),后来也给别人治治病,要一口饭钱,不多要,我是个罪孽深重的人。闲了闷了或是病倒在床上了,时间多得打发不完,我就读读医书,也读史书,什么书都读,找见了就读,并无计划,也无章法,不过是一种消磨光阴的方式。有《四郎探母》那么一出戏,我看了那么多书,只在那个戏本上发现有人给过叛徒一点儿同情。当然那不是一本好书。我这么说可没有别的意思,我说过了,我自己都不会宽恕自己。四郎虽也是贪生怕死,但他没出卖过别人。我山南海北地走了好多年,还是想念家乡,就又回来,在离那座城市几百里外的大山里住下了。

养了条狗,盖了间房,我们一起在大山里,一住几十年。

几十年中,数不清有多少次我想到那座久别的城市里去看看,但一次都没去。这真是糊涂。

我那条狗,可真是条长寿的狗。它老得连叫都懒得叫了,甚至到了春天它不出去跑了。它整天整天就守着我,整天整天就趴在门前那两棵老树之间,永不厌倦地瞭望四周的大山。它年轻时可不这样,一到春天,它就呜呜咽咽地叫几宿,我拍拍它的头说"你去吧",它就去上十几天,十几天我们不见面,夜里我偶尔能从风中听见它在山里跑,追着它的相好,漫山遍野地叫。十几天后它准回来。

每次它准时回来,我都感动得想哭,同时相信我不如一条狗。并不是说我不如它快乐,而是说我不如它忠诚不如它心怀坦荡。

如果,小时候,是因为离死还太远太远,在这漫长的时间里,你不知道会有什么美妙的事在等着你,所以,死虽然毕竟是你的方向,你也先不去理会它,你偶尔想它一下就把它抛在脑后一心一意地去享受生,那是有道理的。

如果,二十一岁那年,你还太年轻,你还不知道命运早已决定,你爱着一个女人,一个美好的女人,至少你想得到一个女人的爱,因此你想活下去,即便你是被命运蒙蔽着而选择了不死,你也是有道理的。

可现在,谜底早已揭穿,终点也已经看得见了,从现在到终点的这段很短很短的距离中,肯定来不及出现什么奇迹了,一切都能够预见了,不过是取这几十年中的若干分之一再重复一下罢了,再这么怕死再这么怕他们找到我是没道理的。

不要再美化自己了。不要为自己的怕死找理由了。我就是常说的：怕死鬼。

树影消失了。门前那两棵老树，我越来越对它们怀着恐惧又对它们抱着希望，他们早晚会从那两棵老树后面转出身来，找到我，我害怕他们找到我因为我害怕看他们仇恨、轻蔑的眼睛，但我希望他们处死我，快些处死我。

尽管我自己还是下不了自己的手，但我对我的这个下场心悦诚服。

未来是什么且不去管它了。问题是过去无法更改。关键是，现在应该结束。

在所有我看过的那些书中，都没有叛徒的天堂。这我知道。即便是在《圣经》上，也没有，没有叛徒的天国之路。这我都明白。

那天，那是春天，奇怪，我的那条狗又呜呜咽咽地叫起来。它已经好多年不这样了。我想，说不定要有事了。我拍它的头说："去吧。"它就去了。我明白，这是天意，肯定要出事了。它向暮色的山中跑去了。我很高兴不让它看见我被抓住，不让它看见我也许被处死。否则它会受不了的。

月亮出来了。月色下，那两棵老树的影子指向黑黝黝的大山。他们是从左边这一棵后面出来，还是从右边这一棵后面出来，只剩下这个问题悬而未决。

到底我也没弄明白他们是从哪一棵后面来的。

我想，唯一的悲哀是等了这么多年，何必要白白等这么多年呢。自从我疏忽大意被敌人盯了梢的时候，或者再晚一点是我被敌人抓住的时候，或者再早一点，是我认识了我终生所爱慕着的那个女人的时候，我就注定应该去死了。或者更早一点，是那场大雨把前面的路冲坏了的时候，是我走进那家小咖啡店发现所有的座位上都有了人的时候，是我和她都看中了那扇又高又窄的后窗的时候，我已经非死不可了。

可供选择的仅仅是：一种死法可以上天堂，另一种死法只能下地狱。

这么多年来，我却怎么也回忆不起，那个大雨天，我坐了长途汽车，是要到哪儿去？

他们来了。他们早晚会找到这儿来的。

我点了一把火，烧了那间房子。这样，那条狗回来找不到我，也就不必总在这儿瞎等了。它会想明白。它没办法它总得离开这儿，到别处去度过它最后的生命。

构　成

甚至可以这样认为：你们不期而遇，你对她一见钟情，你至死不渝地爱着那个女人，这件事，还在你五岁那年就已注定。

你五岁那年的一天早晨，也许你还能记得也许你早已忘记，那时，太阳刚刚从对面的山梁上升起，你站在门前端着一只小小的望远镜，望着你的父亲爬上对面的山梁，望着你的父亲背着一个大背包，沿着唯一的羊肠小道爬上那道山梁，朝你们挥手。照理说你不会忘记。那时你问母亲，父亲他要到哪儿去？母亲摇摇头眼里有泪光，顾不上看你，说："父亲，他要去找他想找的东西。"你再举起那只小小的望远镜：父亲不见了，父亲消失在那片苍茫的大山里。当然当然，这你忘不了。父亲那一走，就再也没有回来。

就是在那时候，已经注定了，在你身后在人群密聚的城市里有一个小姑娘，未来她要使你坠入情网。

因为父亲再没有回来。因为，将来，某一天傍晚，会有一个人从大山里来，无意中给你带来父亲的消息。因为，那时候，母亲已经老了，你已经到了父亲当年的年龄，只好是你到大山里去跑一趟，证实那个消息。

但是现在你还看不见那个人，这时候你还看不见他。

你正在写你那篇小说，标题是：众生。但这时候那个人正朝你走来，带着有关你父亲的消息。

你坐在写字台前，面对敞开的窗户，窗外，阴凉的南墙上挂满了牵牛花浓绿的叶子，花已蔫萎，一批崭新的花蕾正在悄悄地膨胀。你并未注意那些花，但事后你会回忆起它们。房门在写字台左边，离你大约三米远，也敞开着。这座房子没有什么变化，跟若干年前一样，房门直对着那道山梁。那道山梁，是远方那一片峰峦叠嶂的大山的余脉。推敲词句的当儿，你有时朝山上望一眼，有时侧过脸，目光在那山上呆呆地停留很久。不管你看见了什么，你只能看见山的正面。你看不见它的背面。你看不见，在山的背后正有一个人在往山顶上爬，看样子他是要翻过这座山。

如果他翻过那座山，那，他就一定要从你门前经过。那山梁上，唯一蜿蜒而下的小路，穿过一大片水田，经过你的门前，然后连接起大路，连接起条条大路，通向市区。

阳光，曾经从敞开的门中，落在你近旁，然后不知不觉在地上转了一个弧，像一把折扇那样收拢，在门脚下收拢成一条线，退出门去。南墙下的阴影便展开，齐齐的一线向前推进，在一个由季节所规定的位置上停下来，犹豫片刻，转移角度又开始收缩。在这过程中，盛开的牵牛花渐渐凋残。你一直坐在写字台前写你那篇小说。这会儿，对面的山梁上全是夕阳橘红色的余晖了，满山的鸟啼虫鸣。水田里，蛙声渐渐高亢。

那个人，正在山的阴影里往上攀登。他要翻过这座山，尽管这件事尚未验证，但看不出他有其他企图。他显然是要翻过这座山，而且看不出他有改变主意的迹象。

一俟他翻过那座山，他别无选择，他就要从你门前的这条小路上走过。望着远处浩如烟海的城市，从山里来的这个人，他要向他遇见的第一个人问路，这再合情合理不过。一俟他翻过那座山，注定，他要向你问路，那时你也别无选择。他是个喜欢传播消息的人，一俟他翻过那座山这就是命运的选择，他永远不会想到，他的嗜好会给别人的命运造成什么样的转折。

但这会儿你看不见他。这时候，他、以及他将要带来的消息，对你来说还都不存在。他将告诉你一件在深山里已经发生了的事情，但这会儿对你来说，那件事尚未发生。

但只要山背后的那个人能够翻过那座山，你就会在天黑之前听说那件事。那件事将引得你作出一个决定：明天一早到山里去，乘长途汽车，到很远很远的深山里去。虽然这会儿你完全没有这样的打算，但只要山背后的那个人能够翻过那座山，你明天乘长途汽车到那片莽莽苍苍的大山里去——这件事，就正在发生。

他翻不过那座山的可能性，差不多没有。

与此同时，在你这间房子以西在喧哗不息的市区，在纵横交错密布如网的街道上，在林林立立的高楼中，在飞扬的歌声、蒸气、烟尘的笼罩下，在成群成片的蚁穴一般的矮屋里，和在一些相对幽静的地方，分布着十几个也打算明天到大山里去的人。明天，天一亮就动身。你们，你，和那十几个人，都已在这个世界上生活了很久，但素昧平生，明天，你们将有机会见面。除去其中的一个，那十几个人和你，你们互相说几句无关痛痒的话，那是你们一生中相距最近的时候。那十几个人，除去其中的一个，你们互相不会留下什么印象。正如天文学家有时候发出预言，一颗不知名的小彗星，什么时候，在什么方位，经过它离地球的最近点，然后离去，直到它毁灭再没有机会回来。

除外的那一个，就是那个女人。就是当年的那个小姑娘。只不过现在她长大了。等待了这么多年，她长成了一个美丽而且文雅的女人。

此时此刻在市区中心，在四周喧喧嚣嚣的包围之中，有一条安静的小街，小街上有一座更为安静的院落，院子里有两棵高大的梧桐，和一栋西洋式的小楼。红砖的楼墙，墙根下长满了绿苔，砖面有所剥蚀。窗框都是白色的，都有百叶窗，百叶窗也是白色的。门廊的台阶很高，一、二、三、四、五、六、七，七层。花岗岩廊柱的顶端有涡旋状翻卷的纹饰，沾染了斑驳的锈色。从楼门到院门之间，在梧桐树巨大的影子里，一条石子铺成的甬道，差不多呈S形。甬道两旁的土地，想必曾经是草坪，想必原来是绿茵茵的草坪并且时常开放几朵淡黄的野花，但非常遗憾，现在都裸露着。

她就在那儿，在其中的一扇玻璃窗后面。她一直就在那儿，这么多年过去，她从小姑娘长成了女人。

你和她之间，一条无形的路，早已注定，等了这么多年，这条路是否能够疏通？还要等一会儿看。

现在，她正在梳洗打扮。

夕阳照耀着你对面那道山梁的同时，也透进她的卧室，在紫红色的地毯上投下一块整齐的光芒。你窗外的那一墙牵牛花开始蔫萎的时候,她正在午睡。那时,有一只蝴蝶在院子里飞来飞去,在树荫里,在门廊下,在裸露的土地上,在她窗前,飞。然后在她的窗台上落下也睡了一会儿,在梦中翅膀仍然一张一合,一张一合。她醒来之前,那只蝴蝶飞走了。那只蝴蝶越过院墙,一直向东飞,这会儿飞近市区的边缘,在离你不远的一棵合欢树周围流连。合欢树下的那户人家,注定与你无关,无论山背后那个人打的什么主意,也不管未来和远方正在如何编排你的命运,此生此世你都不会与那一家人有任何关联,你们也许偶尔会离得很近,比如在市场上,但你们之间有一道无形的墙,你们相当于在两座相邻的但事实上没有出口的迷宫里,走着。

蝴蝶飞走后不久,那个女人醒了。她醒来的时候,正是你窗外南墙的阴影开始退缩的时候,你全神贯注于那篇小说——《众生》。一个长久以来的问题吸引着你,可是想不清:一旦佛祖普度众生的宏愿得以实现,世界将是什么样子?如果所有的人都已成佛,他们将再做些什么呢?这时候她醒了,她看看太阳,又看了看表,起身转进浴室。

墨绿色闪现一下,随即浴室的门关了。

隔着门,水细密地喷洒,像雨,水落在地上的声音像雨,水不是落在地上的声音令人想入非非。但是屋里没有别人。屋里有两盆盛开的瓜叶菊,分别安放在屋子的东南角和西北角,相距仿佛很远。屋里有一排书柜。书柜旁有一台落地式电风扇。中间的书柜里，有一只装上电池就又会叫又会翻跟头的小布狗。对面墙上挂了一幅很大很大的油画，画的是：湖岸；冰消雪化的季节，残雪之中可见几片隔年的枯叶；落日时分，背景上山峦起伏，山的某些被夕阳照耀的局部描绘得相当精细，山的整体晦暗不清只是一脉十分简单的印象。屋里，最不惹人注意的地方，有一只老座钟。当——，声音沉重、深稳，当——当——当——当——当——当——当。七点。

七点，你正在城区的边缘，离那只蝴蝶不太远的地方，侧脸呆望那座山，沉浸在你自己编织的故事当中：设若有一天，佛祖的宏愿成为现实……

七点钟，水声停了。浴室的门轻轻推开，从墨绿当中脱颖出一缕如白昼般明朗灿烂的光彩，在幽暗的过道里活泼泼地跳了一下，闪进卧室。随之，很多人（以前有很多人，以后还会有很多人）的梦想就在紫红色的地毯上无遮无拦地呈现。乌黑的和雪白的、飘洒的和凝重的、真切地隆起和虚幻地陷落，都挂着晶莹的水滴，在那两盆盛开的瓜叶菊间走着对角线，时而迈过那块阳光，时而踩进那块阳光，打开电风扇，蜂鸣似的微风吹着真实抑或梦境的每一个细节，自在徜徉毫不经意，使很多人的梦想遭受轻蔑，轻蔑得近乎残酷。

她戴上眼镜，坦然坐在床边，腹部叠出两条细细的折皱，修长的双腿绞在一起不给任何淫荡的联想留有余地。她摘下眼镜，在床单上擦一擦镜片，再戴上，看那幅很大很大的画。她的模样很美，很文雅，很沉静，久久地看着那幅画，目光生气勃勃。

七点，山背后的那个人爬到了半山腰。那儿有一块青条石，就像一条石凳。那个人卸下肩上的大背包，坐下来歇口气。

天空碧透，万里无云。远远近近高耸的山峰，顶部还留着一抹残阳，矮山全部沉暗了。山谷中暮霭缭绕，流漫着草木被晒烤后的苦热的味道。往低处听，掠着草叶或贴着地面听开去，是各种小虫子"唧唧、吱吱、唧唧"的聒噪，此起彼落如同那大山一般绵延不绝。往高处听，是千篇一律的蝉鸣和灰喜鹊的吵闹声。再往高处听，有一只布谷鸟独自飞着，飞一会儿便简单地唱一句，但弄不清它在哪儿。头顶上有一只鹰，稳健地盘旋，盘旋，盘旋……更为深远的高空，清清寂寂。

清清寂寂，但绝非无声无息。或许倒更是轰轰烈烈。但是你听不见。

七点钟，天空碧透万里无云。但这时候你看不见（至少还包括明天与你同车进山的那十几个人，其中当然有那个戴眼镜的女人，你们都看不见），在万里之外，"万里"是一种夸张，实际是在百里之外，在山区，在那峰峦叠嶂的大山脉的上空，你看不见，你们都看不见，在六公里以上的高度，那儿，出现了一层薄薄的白丝状的云彩。

这会儿它还称得上是一片美丽的云霞，夕阳和微风把它映照得吹拂得妩媚多姿。

但这是一个气旋，也叫低压。就是说，两小时之内，薄幕般的云层将布满整个天空。那时你在百里之外,你可能看见月亮周围有一圈朦胧的光晕,并且感到有凉爽的晚风吹来。那时在山区,在你明天将要经过的路上,风开始强劲,气压再度降低,天空中乌云滚滚而来,会越聚越厚,再过几个小时,到半夜,一场大暴雨在所难免。

当然你看不见。对此你一无所知。

未来的大暴雨将大到什么程度,人们无法料定。

那个气旋的形成,是多种因素的整体效果,是多种因素的随机构成,是上帝没有乐谱的即兴的演奏。多种因素,可能包括远古留存的一缕信息,也可能包括远方一只蝴蝶的扇动翅膀。这你当然无法知道。就在你专心致志地构想那篇《众生》,设想佛祖所许诺的那个没有痛苦的极乐世界的时候,在这颗星球上,在这个姑且被称之为地球的地方,已经有人接近猜到了佛祖的悲哀:一只蝴蝶的扇动翅膀,可以是远方一场大暴雨的最初原因。

是那只曾在那女人的窗台上睡过一会儿的蝴蝶吗?可以肯定,不是它。但那只蝴蝶,当它在窗台上落下,翅膀一张一合一张一合进入梦乡的时刻,它正在创造着什么,现在谁也不知道。

现在,那个女人穿一件碎花旗袍,走出楼门。不慌不忙,走下七级台阶,走上S形甬道,高大的梧桐树下,挺直粗壮的树干之间,碎花旗袍飘飘摆摆。你不久就要见到那件飘飘摆摆的碎花旗袍,并且,它要在你的眼前、心中和梦里,飘飘摆摆飘飘摆摆伴随你的一生。在她的房间里,电风扇还在循规蹈矩地转着,唯两盆花团锦簇的瓜叶菊响应它的吹拂。地毯上,阳光已经退尽,紫红色愈加浓重。书柜中的那只玩具狗,一双忠厚的眼睛,永不厌倦地瞭望对面墙上那幅油画:湖岸、残雪、远山。

阳光差不多没了,水田里的青蛙快活起来,愈唱愈烈。你偶尔发现,对面的山梁上冒出一个人来。这会儿你还看不出他的出现有什么重要。如果,你明天到大山里去并不需要过一条河,或者河上并不止那一座老桥,那,这个人的出现只不过是一件无关宏旨的小事,与一只飘然而至又飘然而去的蝴蝶没什么两样。

那个女人出了院门,往西走,看似离你越来越远了,事实上她正一步步走近你的命运。她能否走进你的命运,现在,决定于那座老桥了。

决定于那座老桥。决定于老桥一座桥墩上的一条裂纹。决定于一对青年恋人和一个老年养路工。

在那片美丽的云霞下面,一对青年男女正走向那座老桥,他们沿着河边走,一前一后,走下河堤,分开没膝的荒草,走到老桥底下。

这时候,那个养路工,那个老头,也正从河对岸朝老桥走来。

那对青年男女一走到桥下，什么都来不及说，就搂抱在一起。老桥有三座桥墩，他们靠着北边的一座，疯狂地亲吻，发出焦渴的叹息。那片美丽的云霞倒映在河中，给绿腻腻的河水添一片明快的色彩。在晴朗的日子，这条河一向很安稳，甚至是很沉闷，水流很柔弱、很浅、流速缓慢，但三座桥墩都很高，这说明它必是有奔腾咆哮狂暴不驯的时刻。正是这对恋人身旁的一座桥墩，在荒草掩盖的部分，有了一条裂纹，表面看并不严重，但这裂纹已经延伸进桥墩的内部很长也很深了。小伙子正年轻，有的是力气，他把姑娘抱起来，把头埋进她的怀里，姑娘目光迷离任他摆布。潺潺的流水声中，隐约可闻快乐的呻吟。

老年的养路工，那个老头，这时走到了桥上，他耳也不聋眼也不花，什么都看得见什么都听得着。他不想冲散这对痴男恋女，便在桥头坐下，心想等一等，等那两个孩子度完他们最要命的时刻。老头抬头看天，凭着几十年的经验，他相信头上这一缕美丽的云彩不是什么好兆，十有八九是要有一场大水了。他就是为看看这座老桥来的，看看它有什么问题，经不经得住洪涛巨浪；没想到会碰上桥下这两个小疯魔。"小疯魔"，老头在心里说，笑笑，想起自己早年也那么疯魔过，一点不比桥下这两个来得规矩。老头抽了一袋烟，尽量不去偷听桥下的动静，桥下都是怎么回事老头一清二楚，时光如飞，他自己做那样的事仿佛就在昨天，现在他已经没兴致了，但他记得那对一个人来说是多么要命的时候。可是桥下娇声嗲气地开始有说有笑了，虽然那两个孩子以为他们的声音很轻，但含含混混的话语流进老头的耳朵都变得清清楚楚，老头极力忍住笑，驱逐开想往桥下看一眼的欲望。这两个孩子他认识，仿佛前两天还见他们为一只蝴蝶打架呢，怎么？老头愣愣地想，这么快他们就长大了？到了懂这种事的年纪了？老头掐指算了算，仰天叹一口气，习惯地在桥面上磕了磕烟锅儿。这一下，桥下的窃窃私语戛然而止。半天没有动静。

"谁呀？"小伙子的声音。

老头心里很抱歉，不言语。

"没人。"小伙子对姑娘说。

"有，肯定有。"姑娘的声音，很轻。

姑娘从小伙子怀里跳下来的声音。

"桥上有人吗？"小伙子又问。

老头屏住呼吸，不敢动。

"没人。"

"噢哟——，吓得我……"

"怕什么？"

"我的心这会儿还嘣嘣跳呢。"

"是吗？我听听。"

"你听。去！别动……"

又没声音了。老头把烟锅插进腰间，慢慢站起身。这时桥下又传上来快乐的呢喃和呻吟，一阵一阵，娇痴或者蛮憨，一阵强似一阵、长似一阵。老头看看天色，心说，我还是回家去吧。

老头走了，沿着河岸走了很久，融进暮色之中。这一来，年轻恋人身旁那座桥墩上的裂纹，在大暴雨到来之前就不可能被发现了。

这一来，你和那个女人之间的一条无形的路，就完全疏通了。这么多年来，一点儿一点儿，到那老头离开这座老桥，你们之间的阻碍才算全数排除了。

那场大雨一到，半夜，山洪就会下来。水从大山的每一条沟壑中蹿跃而来，灌进这条河，聚成浩荡洪流，掀起排天大浪，一路翻滚咆哮轰轰烈烈经过这座老桥，桥墩上那条裂纹被冲撞得不断延长、加深，顶多挨到拂晓那桥墩就挺不住了，老桥势必坍塌，往大山里去的路在这儿阻断。而你们，你和那个女人之间的路将彻底连通。你们一同乘坐的那趟汽车，在半路听说了河上的消息，停下来。路边有一家小饭馆。河上来的消息不太明确，只知道在前面的什么路段上交通出现故障。你和车上的十几个人都到那家小饭馆里去。那时你将发现，所有的座位上都有了人，只有你和那个女人站着。你们，你和那个女人，同时看中了那扇很高但是很窄的后窗，把烫烫的咖啡放在窗台上，站在后窗的两侧。她很美，她的皮肤很细很白，戴一副黑边眼镜，仍然穿着那件碎花旗袍……剩下的事你都知道了。

现在，山背后的那个人走到了你的门前。

"请问，太平桥怎么走？"他在门外问。

天黑下来，昏昏暗暗的你看不清他的面孔。

他把肩上的大背包放在台阶上，跟你要一杯水。

你的母亲在里间屋问："谁呀？是谁来了？"

这个从山里来的人很爱说话，或者是孤零零的一个人走了这么久，很想找人说说话。他一边喝水，一边给你讲大山里发生的那件事。

你的母亲在里间屋问："你在跟谁说话？"

暮色沉沉，你扶着门框站在门里，那个过路人坐在门外的台阶上，在晚风掀起的欢快的蛙鸣中，你们一起谈论大山里发生的事：

"这么说，他在那湖上整整走了一宿？"

"对。谁也不知道他从哪儿来。"

"他身上，没有什么能说明他身份的东西么？"

"背包里有一张他年轻时的照片。很旧了，已经发黄，表面布满了裂纹。"

"是他，是他年轻的时候。是从一张合影上剪下来的。"

"噢？"

"照片的一侧，残留着一个女人的肩膀。"

"肯定是个女人？"

"看得出，她穿的是一件碎花旗袍。"

"什么颜色？"

"墨绿色的衫底，紫红色的碎花。"

"他呢？"

"他嘛,看样子那时他有三十多岁,一张最容易被人忘记的脸。"

山里来的这个人走后,你回到写字台前,看那篇已经接近完成的小说——《众生》。看了很久,反复看了几遍,然后你相信,除了其中的第一句话,其余的都应该作废、重写。那句话是:终于有一天,弟子们会看见佛祖所处的两难境地。

南墙上层层叠叠的叶子在晚风中抖动。蔫萎的花朵缩得更小,将被半夜的狂风吹落。那些崭新的花蕾信心十足地生长,将在天明时的暴雨中开放。

你走进里屋,对母亲说:"明天我要进山去,天一亮就动身。"

众 生

一

[注]:此一节全文引自道格拉斯·R.霍夫施塔特和丹尼尔·C.丹尼特所著《心我论》第十八章"第七次远足或特鲁尔的徒然自我完善"中所引用的斯坦尼斯瓦夫·莱姆的一篇文字(《心我论》,译者陈鲁明,上海译文出版社出版)。

宇宙无限却有界，因此，一束光不管它射向哪一个方向，在亿万年之后，将会回到——假如这光足够强有力——它的出发点。谣言也同样，从一个星球到另一个星球，传遍每一处。有一天，特鲁尔听远处的人说，有两个力大无比的建造者兼捐助人，聪明过人，多才多艺，谁也不是他们的对手。他赶忙跑去见克拉鲍修斯。后者向他解释说，这两个人并不是什么神秘的敌人，而正是他们自己，因为他们已经遐迩闻名。然而，名声有一个缺点，即它对人的失败只字不提，尽管这些失败正是极度完美的产物。谁若是不信，就请回忆一下特鲁尔七次远足的最后一次，那次他没与克拉鲍修斯结伴同行，后者因有要事而不能脱身。

　　在那些日子里，特鲁尔非常自负，他接受了各种各样应得的荣誉和称号，这都是十分正常的。他驾着飞船向北飞去，由于他对这个区域不熟悉，飞船在渺无人烟的空间航行了好一段时间，途中经过了充满战乱的区域，也经过了现已变得荒芜寂静的区域。突然，他看见了一颗小星球，与其说是一颗星球，倒不如说是一块流失的物质。

　　就在这块大岩石上，有人在来回奔跑，奇怪地跳着脚，挥着手。对这个无比孤独、绝望、也许还是愤怒的人，特鲁尔感到惊讶，也感到关切，于是他立刻把飞船降落了。那个人就向特鲁尔走来。此人显得异常傲慢，浑身上下都是铱和钒，发出丁零当啷的金属碰撞声。他自我介绍说，他是鞑靼人埃克塞尔修斯，曾是潘克里翁和西斯班德罗拉两大王国的统治者。这两个王国的臣民一时疯狂而将他赶下王位，放逐到这颗荒芜的小星球上，从此他便永远在黑暗和流星群中飘游。

当这位被废黜的国王知道了特鲁尔的身份后，就一个劲地要求他帮助自己马上恢复王位，因为特鲁尔做起好事来也是个专家。那位国王想到王位，眼中燃烧着复仇的火焰，他那双高举的铁手紧握着，仿佛已经掐住了那些可爱的臣民的脖子。

特鲁尔并不想按照国王的要求行事，因为那样做会造成极大的罪恶和苦难，但他又想安慰一下这位蒙受耻辱的国王。思索片刻之后，他觉得事情还有补救的希望，因为完全满足国王的心愿还是可能的——而且不会让那百姓遭殃。想到这里，他卷起衣袖，施展出他的全副本领，给国王变出了一个崭新的王国。新王国里有许多城市、河流、山脉、森林和小溪；天空中飘着白云；军队骁勇无比；还有许多城堡、要塞和淑女的闺房；繁华的集市在阳光下喧嚣不止，人们在白天拼命干活，到了晚上则尽情歌舞到天明，男人们还以舞刀弄剑为乐。特鲁尔想得很细，还在这个王国里放进了一座大理石和雪花石膏建造的豪华首都。在这里，聚集着一群头发灰白的贤人；还配有过冬的行宫和消夏的别墅；这里也充斥着阴谋家、密谋者、伪证人和告密者；大路上奔驰着浩浩荡荡的骑兵队伍，红色的羽毛饰迎风招展。特鲁尔别出心裁，使嘹亮的号声划破天空，紧接着是二十一响礼炮，他还往这个新王国里扔进一小撮叛国者和一小撮忠臣，一些预言家和先知，以及一个救世主和一个伟大的诗人。做完这些之后,他弯下腰,发动起机关,并用微型工具做了最后的调整。他给那个王国的妇女以美貌,给男人以沉默与酒后的粗暴,给官吏以傲慢与媚骨,给文学家以探索星球的热忱,给孩子们以擅长吵闹的能力。所有这些都被特鲁尔有条不紊地装进一个盒子,盒子不太大,可以随身携带。他把这个盒子赠给可怜的国王,让他对它享有永久的统治权。他先向国王介绍了这个崭新王国输入和输出的所在,教他怎样编制关于战争、镇压暴乱、征税纳贡的程序,还向他指明了这个微型社会的几个关键之处,哪些地方最容易发生宫廷政变和革命,哪些地方则最少有这类变动。特鲁尔把一切有关的情况都作了仔细介绍,而国王又是统治王朝的老手,马上就领会了一切,于是在特鲁尔的监督下,他试着发布了几个号令,他准确地操纵着控制杆,控制杆上面雕刻着雄鹰和勇狮。这些号令一宣布,全国便处于紧急状态,实行军事管制和宵禁,并对全体国民征收特别税。王国里的时间过去了一年,而对在外面的特鲁尔和国王来说,还不到一分钟。国王为了赢得仁德之君的声名,用手指在控制杆上轻轻拨了一下,便赦免了一个死刑犯,减轻了特别税,撤销了紧急状态,于是,全体臣民齐声称谢,欢呼声如同小老鼠被倒提着尾巴时发出的尖叫。透过刻有花纹的玻璃你可以看到,在尘土飞扬的大道上,在水流缓缓的河边,人们在狂欢,齐声歌颂统治者的大恩大德。

由于盒子里的王国太小,就像小孩的玩具,起先这位国王还颇不满意,但是当他透过盒子的厚玻璃顶盖看去,发现盒中的一切看上去都很大时，他慢慢地有所领悟，大小在此无关宏旨，因为对政府是不能用公尺和公斤来衡量的，对感情也同样，无论是巨人还是侏儒，他们的感情很难有高矮之分。因此他感谢了制造这个盒子的特鲁尔，尽管态度多少有点生硬。又有谁会知道这位狠毒的国王在想些什么呢？也许此刻他正在肚子里盘算着将他的恩人特鲁尔套上枷锁，折磨至死，杀人灭口，免得以后有人说闲话，说这位国王的王朝只不过是某个以四海为家的补锅匠的微薄施舍。

然而，由于他们大小悬殊，这位国王很明智，认为这是绝不可能的，因为还没等他的士兵抓住特鲁尔，后者放几个跳蚤便可将他们统统抓住。于是，他又一次冷淡地向特鲁尔点了一下头，把象征王权的节杖和圆球夹在腋下，双手捧起盒子王国，咕隆一声，走向那流放时住的小屋。外界，炽热的白昼与混沌的黑夜交替着，这位被臣民认为是世界上最伟大的国王，根据这颗小行星的旋转节奏，日理万机，下达各种手谕，有斩首，也有奖赏，使得百姓对他忠心耿耿，百依百顺。

特鲁尔回到了家中，不无自豪地将这件事告诉了克拉鲍修斯。他将事情的经过一一讲出，说起他如何略施小计，既满足了国王的独裁欲望，又保障了他以前的臣民的民主愿望，言谈间不禁流露出得意之情。但令他吃惊的是克拉鲍修斯并没有赞赏他，反而脸上显出责难之色。

沉默片刻之后，克拉鲍修斯终于开口了："你是不是说，你把一个文明社会的永久统治权给了那个杀人不眨眼的暴君，那个天生的奴隶主，那个以他人的痛苦取乐的虐待狂？而且，你还对我说他废除了几个残酷的法令便赢来了一片欢呼声！特鲁尔，你怎能做出这样的事？"

"你是在开玩笑吧？"特鲁尔大声说道，"事实上，这个盒子王国才二英寸长，二英寸宽，二点五英寸高……这不过是个模型……"

"什么东西的模型？"

"什么东西？当然是一个文明社会的模型，只不过缩小了几亿倍。"

"既然如此，你又怎么知道天下没有比我们大几亿倍的文明社会？如果真有的话，我们这个文明社会不就成了模型了？大与小有什么关系？在盒子王国中，居民们从首都去边远的省份不也要花几个月的时间吗？他们不也有痛苦，也有劳累，也会死亡吗？"

"请等一下，你很清楚，所有这些过程都是根据我设计的程序进行的，因此它们不是真的……"

"不是真的？你的意思是说盒子里是空的，里面发生的游行、暴力和屠杀都是幻觉？"

"不，不是幻觉，因为它们具有实在性，只是这种实在性完全是我通过摆弄原子而导致的微型现象。"特鲁尔分辩说。"问题的关键在于，那里发生的生生死死、恩恩怨怨，只不过是电子在空间里的轻微跳跃，完全听从我的非线性工艺技术的安排，我的技术……"

"行了行了,别再吹了!"克拉鲍修斯打断了他,"那些过程是不是自组的?"

"当然!"

"它们是在无穷小的电荷中发生的?"

"你知道得很清楚,当然是的。"

"那么,那里发生的黎明、黄昏、血腥的战争都是因为真实变量的相互作用而产生的?"

"正是的。"

"如果你用物理、机械、统计和微观的方法来观察我们这个世界,不也是些电荷的轻微跳跃吗?不也是正负电荷在空间的排列吗?我们的存在不也是亚原子的碰撞和粒子的相互作用的结果吗?尽管我们自己把这些分子的翻转感知为恐惧、渴望和静思。当你在白日里遐想时,在你大脑里除了相联与不相联环路的二进制代数和电子的不断游动外,还有什么呢?"

"你说什么,克拉鲍修斯?难道你认为我们的存在与那个玻璃盒里的模拟王国是一样的?"特鲁尔慷慨陈词,"不,不一样,这完全是风马牛不相及的!我只不过想制造一个国家的模型,这个模型只从控制论的角度来看是完美的,仅此而已!"

"特鲁尔!我们的完美正是我们的灾难,因为我们每前进一步,都将招致无法预料的后果!"克拉鲍修斯的声音越来越大。"如果一个拙劣的模拟者想要折磨人,会制造一个木偶和蜡像,然后使它大概有个人样,这样,不管他怎样拳打脚踢,也完全是微不足道的讽刺而已。但如果这场游戏有了一系列的改进，情况就会大不一样。比方说，有这样一个雕塑家，在他的塑像的肚中安装了一个放音装置，只要照准它的腹部打去，它就会惨叫一声。再比方说，要是一个玩偶挨了打会求饶，就不再是个粗糙的玩偶了，而是一个自稳态生物；如果一个玩偶会哭，会流血，知道怕死，也知道渴望安宁的生活，尽管这种安宁只有死亡才能带来！你难道看不出，一旦模拟者如此完美无缺，那么模拟和伪装就都变成真事了，假戏就会真做！特鲁尔，你想让多少个血肉之躯在一个残酷的暴君手下永远受折磨……特鲁尔，你犯下了一个弥天大罪！"

"这纯属诡辩！"特鲁尔厉声喊道，因为他此刻已感到了他朋友话中的含义。"电子不仅在我们的大脑里游动，它们同样也在唱片中游动，这并不能说明什么问题，当然也不能证明你这种类推！那个魔鬼国王手下的百姓们被杀了头也确实会死，也知道伤心、战斗，还会爱，因为我建立的参数正是这样。但是，克拉鲍修斯，你不能说他们在这个过程中会有什么感觉，因为在他们大脑中跳跃的电子不会告诉你这方面的知觉！"

"但是，如果你窥视我的大脑，也只能看到电子，"克拉鲍修斯反驳说，"好了，不要再装傻了，别假装不明白我的意思了，我知道你不至于那样愚蠢！你想想，一张唱片会听你差遣，会跪地求饶吗？你说你无法分辨那些臣民挨了打之后是真哭还是假哭，因为你不知道他们是因为电子在身内跳跃而发出尖叫，还是因为真的感觉到了疼痛而失声痛哭。这个区别好像很有道理，但是特鲁尔，痛苦是看不见、摸不着的，只要一个人的行为有痛苦的表现，那他就是感觉到了痛苦！你此时此刻请拿出证据给我一劳永逸的证明，他们没有感觉，没有思维，没有意识到他们在生前死后之间的这段空白。特鲁尔，你把证据拿给我看看，我就算服了你！你把证据拿出来，证明你只模拟了痛苦，而没有创造痛苦！"

"你心里太清楚了，这是不可能做到的，"特鲁尔平静地回答道，"即使当盒子里还一无所有，我还没拿起工具的时候，我就预料到有这样一种求证的可能性，我的目的是为了消除这种可能性。不然，那个国王迟早会发现他的臣民不是真人，而是一群傀儡，一群木偶。你应该理解，没有其他办法！一旦让国王发现半点蛛丝马迹，那就会前功尽弃，整个模拟就会变成一场机械游戏。"

"我明白，我太明白了！"克拉鲍修斯大声说道，"你有崇高的愿望，你只想建造一座能以假乱真的王国，鬼斧神工，没有人能辨出真假，我认为在这一方面你成功了！你虽然回来了才几小时，但是对于那些被囚禁在盒子里的人们来说，几百年的光阴已经流逝了，有多少生灵遭到蹂躏，而这纯粹是为了满足那个国王的虚荣心！"

听到这里，特鲁尔二话没说，拔腿就向他的飞船跑去，并发现他的朋友也紧随其后。特鲁尔的飞船直驶太空，开足马力，朝远处两大团火光之间的那条彩虹飞去。在路上，克拉鲍修斯对他说："特鲁尔，你真是不可救药。你做事总不三思而行。到了那儿之后，你打算怎么办呢？"

"我要把那个王国从那个国王手里夺回来！"

"夺回来以后又怎么处置呢？"

"毁了它！"还没等话说完，特鲁尔已经意识到这话的意思，赶紧住了口。最后他喃喃地说道："我要举行一次选举，让百姓们从他们中间选举出公正的领袖。"

"你的程序把他们设计成为封建君主的顺民，选举又能解决什么问题？首先，你必须砸碎整个王国的结构，然后从头建立起一个新秩序……"

二

C（指克拉鲍修斯，后同）：你首先要把这盒子里的"封建程序"删除，然后建立起诸如自由、平等、民主、解放等等新的程序。或许这两件事是要同时进行的，因为你千万不能使这个盒子里出现片刻的零值，出现零值就意味着毁灭。只有这样，盒子王国中的人民才能摆脱那个暴君的压迫，一个民主和法治的国家才能诞生。

T（指特鲁尔，后同）：你是说，盒子里的百姓会奋起推翻这个封建王朝？

C：是的。当然，这需要设计一整套相当复杂的程序。如果你要挽回你的过失，你就只有这样去做了。这盒子里现在已经遍布着生命和情感了，如果你毁了它，则无异于一场灭绝种类的大屠杀，你当然不能这么干。那么你就只好多费费心，向这个盒子里输入科学、哲学、文学艺术、一切灿烂的思想、不断更新的生产力、最最美丽的理想以及为此理想而奋斗的持久不衰的热忱,等等一整套复杂的程序。然后等待盒子里的百姓觉醒,自己起来推翻这个封建王朝。

T:这并不复杂。这对我来说轻而易举。但是,那个国王呢?

C:看来他最好的命运就是被废黜。

T:然后再把他流放到另一个荒无人烟的地方去?

C:除非他不再想复辟,否则怎么办呢?

T:但是这样我岂不是等于什么都没干么?在我来到这儿之前,这样的事不是已经发生了吗?

C:你以为你多么伟大?你想要干什么?

T:难道没有一种办法可以拯救所有的生命和灵魂么?难道那个国王的痛苦就不是痛苦?你刚才说得对,只要一个人的行为有痛苦的表现,那他就是在痛苦着。

C:也许可以不流放他,但只允许他做一个与大家平等的公民,自食其力。

T:这也不难办到。但是你所说的那个"法治"到底意味着什么?它的存在,难道不说明仍然有罪恶、丑行、贫富之分、利害冲突存在,因而必然有痛苦存在么?连那个恶贯满盈的国王都知道——无论巨人还是侏儒,他们的感情没有高矮之分。如果我们仅仅是消灭了这样的痛苦,而依然保存了那样的痛苦,仅仅使这些人不再痛苦,而使另外一些人依旧痛苦,那我们岂不是等于什么都没做么?假如这个世界上还只剩一个人痛苦着,难道其他人就可以心安理得地享受快乐了吗?我们为什么不去设法消灭所有的痛苦呢?

C：T，我的好朋友！现在我真正理解你了，你虽然莽撞地闯下了大祸，但谁都应该看到你有一颗至善至美的心。

T：谢谢。但是我们现在怎么办？

C想了很久。

C：只有一个办法可以试试了。

T：什么？

C：佛法。使芸芸众生皈依佛法。

T：什么是佛法？

C：据说，佛祖为了寻求痛苦的解脱与人生的真理，曾抛弃了王位、财富和父母妻子，走遍了深山旷野，最后渡过连禅河，到了迦耶山附近的菩提迦耶，在一棵菩提树下，用草铺了一个座位，他就在这座位上坐下，并发出坚强的誓言："我不成正觉，誓不起此座。"过了七日，佛祖的禅定中出现魔境的扰乱，魔王派遣魔女来诱惑他，并发动魔兵魔将来威吓他，但佛祖意志坚定，不为所动，终于把魔王降伏。这说明了佛祖达到无欲无畏的过程。降魔后，佛祖集中精神，思考大地人生的问题，终于在三十五岁那年的一个半夜，看见明星出现，豁然觉悟，完成了无上正觉，于是成佛。

佛祖所觉悟的真理就是佛法。简而言之，那是世界上最为圆满的真理，它说明了宇宙的真相、人生的意义和道德的规则。佛说此法济度众生，使众生止恶行善，转迷为悟，离苦得乐，舍己利人。

T：所谓众生，是不是绝无例外地包括每一个人？

C：佛祖曾发宏愿，誓度一切苦恼众生。

T：这可办得到么？

C：佛祖在菩提树下初成正觉时，感叹道：奇哉，奇哉，大地众生，皆有如来智慧德相，但以妄想执着不能证得。若离妄想，则一切智慧皆得现前。后来，佛祖在涅槃之前又对他的弟子们说道：一切众生均有佛性，皆可作佛，绝无例外，就是断了善根的人也仍然有机会成佛。不能成佛的原因，是无明烦恼障蔽了佛性。所以，只要我们把佛法输入到这个盒子里去，使盒中众生皈依佛法，弘扬佛法，了悟缘起，断除无明烦恼，扫尽业、惑阻障，众生就都可以慧光焕发，佛性显现，内心清静，无欲无畏，解脱一切痛苦，进入极乐了。

T：那就请你先行行善事，把佛法输入这个盒子里去吧。这不是既可救助这盒子王国中的众生，也可以救助我，甚至救助你自己吗？

C：让我们试试看。

于是 C 和 T 动手把佛法输入盒中。并且设计了一套使每一个人不仅仅是可能成佛，而且必将成佛的程序，也输入盒中。

两个人自以为德行圆满大功告成，欢天喜地地回家去了。

三

但是不久之后，T 和 C 驾飞船在宇宙中逍遥自在地遨游，当他们又经过那颗小行星时，听见那只小盒子里静悄悄的一点声音都没有。他们觉得奇怪，便又一次在那小行星上着陆。在

T和C想来，他们离开的这几天，小盒子中已经过了上万年，在那儿，即便佛祖的宏愿仍未完全实现，总也该是夜不闭户、路不拾遗、为官者不威不贪勤廉治政、为民者互爱互敬乐业安居、百业兴盛万事昌荣、笙箫管乐歌舞升平，几近乐土的一个世界了。怎么会一点声音也没有呢？

C有一种不祥的预感，跳下飞船，拼命向小盒子那儿跑去。

当T慢悠悠地走出驾驶舱来到C近旁时，发现C抱着那只小盒子一言不发，面如土色双目失神。

T：怎么了？

C仰望苍天，欲言无声。

T慌了，把C抱住：C！怎么了你这是？！

很久C才透过一口气，喃喃道："天哪，这到底是为什么？"

T：出了什么事？

C：你自己看吧。盒子里的正值与负值、真值与假值、善值与恶值、美值与丑值……总之一切数值都正在趋近零，一切矛盾都正在化解，一切差别都正在消失。

T：难道这不是我们所期望的吗？

C：T，你真是秉性难改，你还是那样遇事不能三思。要知道，这样下去盒子里就要出现零值了！如果我们期望的是这个，我们当初何必费那么大力气呢？我们把这个盒子毁掉不就完了吗？零值！懂吗？一旦达到零值，盒子里的所有生灵就都要毁灭了！

T往盒中细看，也不禁大惊失色。盒子里的亿万众生都一动不动,脸上没有任何表情,身上没有一丝生气,呆若亿万朽木枯石,在他们的大脑里也几乎观察不到电子的跳跃了。

C:肯定是在哪一个环节上出了差错。

T:在哪一个环节?

C:天知道。

就在这时,从对面的山梁上走下来一个人。T和C举起望远镜,看见来者的模样很像昔日的那个国王,但肯定不是他,来者一身平常的装束,一副平常人的表情。来者走到T和C面前,站住。

T问:你是谁?

那人说:有人说我是好人,也有人说我是坏蛋。

C问:你从哪儿来?

那人说:有人说是从天堂,也有人说是从地狱。

C:你有什么事吗?

那人:当然,无事可做我就不存在了。

C心里忽然有所觉悟,便把那个盒子拿给他看。

那人把盒子托在掌心,笑道:噢嚯,一个没有了烦恼的世界。

C:它到底出了什么毛病?盒子里的众生为什么都一动不动?

那人:他们全都成佛了,你还要他们做什么呢?

C:要他们行一切善事,要他们普度众生。

那人又笑一笑:所有的人都已成佛,这盒子里还有什么恶事呢？他们还去度谁呢？没有恶事，如何去行善事呢？

T：至少他们的大脑应该活动吧？

那人：你要他们想什么呢？无恶即无善，无丑即无美，无假即无真，没有了妄想也就没有了正念，他们还能想什么呢？

T：也许他们可以尽情欢乐？

那人：你这位老兄真是信口开河，无苦何从言乐？你们不是为他们建立了消除一切痛苦的程序么？

C心里已经完全明白了，问：那么，我们应该怎么办？

那人：再输入无量的差别和烦恼进去，拯救他们。同时输入无量智慧和觉悟进去，拯救他们。至少要找一个（比如像我这样的）坏人来，拯救这些好人。要找一个魔鬼来拯救圣者。懂了吗？

T：可是，哪怕只有一个人受苦，难道亿万人可以安乐吗？佛法说，要绝无例外地救度一切众生，不是吗？

那人：你们忘了佛祖的一句至关重要的话：烦恼即菩提。普度众生乃佛祖的大慈，天路无极是为佛祖的大悲。

那人说罢，化一阵清风，不见了。

T：C，我们到底怎么办？

C：不知道。我只知道我们俩半斤对八两，不过是一对狂妄的大傻瓜。

一个谜语的几种简单的猜法

X

  有一部很老的谜语书，书中收录了很多古老的谜语。成书的具体年月不详，书中未注明，各类史书上也没有记载。

  这是现存的最老的一部谜语书，但肯定不是人类的第一部谜语书，因为此书中谈到了一部更为古老的谜语书，并说那书中曾收有一条最为有趣而神奇的谜语。书中说，可惜那部更为古老的谜语书失传已久，到底它收了怎样一条有趣而神奇的谜语，业已无人知晓。

  书中说，现仅知道这条谜语有三个特点：一、谜面一出，谜底即现；二、已猜不破，无人可为其破；三、一俟猜破，必恍然知其未破。

书中还说，这似乎有违谜语的规则，但相传那确是一条绝妙的、非常令人信服令人着迷的谜语。

书中在说到这似乎有违谜语的规则时还说，人总是看不见离他最近的东西，譬如睫毛。

那究竟是怎样一条谜语呢？——便成为这部现存最老的谜语书中收录的最后一条谜语。

A+X

要想回答譬如说——世界是从什么时候开始的？——这样的问题，我想最大的难点就在于：我只能是我。因为事实上我只能回答——世界对我来说开始于何时？——这样的问题。因为世界不可能不是对我来说的世界。当然可以把我扩大为"我"，即世界还是对一切人来说的世界，但就连这样的扩大也无非是说，世界对我来说是可以或应该这样扩大的。您可以反驳我，您完全可以利用我的逻辑来向我证明：世界同时也是对您来说的世界。但我说过最大的难点在于我只能是我，结果您的这些意见一旦为我所同意，它又成了世界对我来说的一项内容了。您豁达并且宽厚地一笑说：那就没办法了，反正世界不是像你认为的那样。我也感到确实是没有办法了:世界对我来说很可能不是像我认为的那样。

如果世界注定逃脱不了对我来说,那么世界确凿是开始于何时呢?

奶奶的声音清清明明地飘在空中:"哟,小人儿,你醒啦?"

奶奶的声音轻轻缓缓地落到近旁:"看什么哪?噢,那是树。你瞧,刮风了吧?"

我说:"树。"

奶奶说:"嗯,不怕。该尿泡尿了。"

我觉到身上微微地冷了一下,已有一条透明的弧线蹿了出去,一阵叮嘟嘟地响,随之通体舒服。我说:"树。"

奶奶说:"真好。树——刮风——"

我说:"刮风。"指指窗外,树动个不停。

奶奶说:"可不能出去了,就在床上玩儿。"

脚踩在床上,柔软又暖和。鼻尖碰在玻璃上,又硬又湿又凉。树在动。房子不动。远远近近的树要动全动,远远近近的房顶和街道都不动。树一动奶奶就说,听听这风大不大。奶奶坐在昏暗处不知在干什么。树一动得厉害窗户就响。

我说:"树刮风。"

奶奶说:"喝水不呀?"

我说:"树刮风。"

奶奶说:"树。刮风。行了,知道了。"

我说:"树!刮风。"

奶奶说:"行啦,贫不贫?"

我说:"刮风,树!"

奶奶说:"嗯。来,喝点儿水。"

我急起来,直想哭,把水打开。

奶奶看了我一会,又往窗外看看,笑了,说:"不是树刮的风,是风把树刮得动活儿了。风一刮,树才动活儿了哪。"

我愣愣地望着窗外,一口一口从奶奶端着的杯子里喝水。奶奶也坐到亮处来,说:"瞧风把天刮得多干净。"

天。多干净。在所有的房顶上头和树上头。只是在以后的某一时刻才知道那是蓝。蓝天。灰的房顶和红的房顶。树在冬天光是些黑的枝条,摇摆不定。

奶奶扶着窗台又往楼下看,说:"瞧瞧,把街上也刮得多干净。"

街。也多干净。房顶和房顶之间,纵横着条条灰白的街。

奶奶说:"你妈就从下头这条街上回来。"

额头和鼻尖又贴在凉凉的玻璃上。那是一条宁静的街。是一条被楼阴遮住的街。是在楼阴遮不住的地方有根电线杆的街。是有个人正从太阳地里走进楼阴去的街。那是奶奶说过妈妈要从那儿回来的街。玻璃都被我的额头和鼻尖焐温了。

奶奶说:"太阳快没了,要下去了。"

因此后来知道那是西,夕阳西下。远处一座高楼的顶上有一大片整整齐齐灿烂的光芒。那是妈妈就要回来的征兆,是所有年轻的妈妈都必定要回来的征兆。

奶奶指指那座楼说:"你妈就在那儿上班。"

我猛扭回头说:"不!"

奶奶说:"不上班哪儿行呀?"

我说:"不!"

奶奶说:"哟,不上班可不行——。"

我说:"不——!"

奶奶说:"嗯,不。"

那楼和那样的楼,在以后的一生中只要看见,便给我带来暗暗的恓惶;或者除去楼顶上有一大片整齐灿烂的夕阳的时候,或者连这样的时候也在内。

奶奶说:"瞧瞧,老鸹都飞回来了。奶奶得做饭去了。"

天上全是鸟,天上全是叫声。

街上人多了,街上全是人。

我独自站在窗前。隔壁起伏着咯咯咯奶奶切菜的声音,又飘转起爆葱花的香味。换一个地方,玻璃又是凉凉的。

后来苍茫了。

再后来,天上有了稀疏的星星,地上有了稀疏的灯光。

世界就是从那个冬日的午睡之后开始的。或者说,我的世界就是从那个冬日的午后开始的。不过我找不到非我的世界,而且我知道我永远不可能找到。在还没有我的时候这个世界就已存在了——这不过是在有我之后我听到的一种传说。到没有了我的时候这个世界会依旧存在下去——这不过是在还有我的时候，我被要求同意的一种猜测。

　　就像在那个冬日的午后世界开始了一样，在一个夏天的夜晚，一个谜语又开始了。您不必管它有多么古老，一个谜语作为一个谜语必定开始于被人猜想的那一刻。银河贯过天空，在太阳曾经辉耀过的处处，倏而变为无际的暗蓝。奶奶已经很老，我已懂得了猜谜。

　　奶奶说："还有一个谜语，真是难猜了。"

　　我说："什么？快说。"

　　奶奶深深地笑一下，说："到底是怎么个谜语，人说早就没人知道了。"

　　我说："那您怎么知道难猜？"

　　奶奶说："这个谜语，你一说给人家猜，就等于是把谜底也说给人家了。"

　　我说："是什么？"

　　奶奶说："你要是自个儿猜不着，谁也没法儿告诉你。"

　　我说："您告诉我吧，啊？告诉我。"

　　奶奶说："你要是猜着了呢，你就准得说，哟，可不是吗，我还没猜着呢。"

　　我说："那怎么回事？"

　　奶奶说："什么怎么回事？就是这样儿的一个谜。"

　　我说："您哄我呢，哪有这样的谜语？"

　　奶奶说："有。人说那是世上最有意思的一个谜语。"

　　我说："到底是什么样儿的呢，这谜语？"

奶奶说："这也是一个谜语。"

我和奶奶便一齐望着天空，听夏夜地上的虫鸣，听风吹动树叶沙沙响，听远处婴儿的啼哭，听银河亿万年来的流动……

好久好久，奶奶那飘散于天地之间的苍老目光又凝于一点，问我："就在眼前可是看不见，是什么？"我说："眼睫毛。"

B+X

多年来我的体重恒定在59.5公斤，吃了饭是60公斤，拉过屎还是回到59.5公斤。我不挑食，吃油焖大虾和吃炸酱面都是吃那么多，因为我知道早晚还是要拉去那么多的。吃掉那么多然后拉掉那么多，我自己也常犯嘀咕：那么我是根据什么活着的？我有时候懒洋洋地在床上躺一整天，读书看报抽烟，或者不读书不看报什么事也不做光抽烟，其间吃两顿饭并且相应地拉两次屎，太阳落尽的时候去过秤，是59.5公斤。这比较好理解。但有时候我也东跑西颠为一些重要的事情忙得一整天都不得闲，其间草率地吃两顿饭拉两次屎，月亮上来了去过秤，还是59.5公斤。就算这也不难解释。可是有几回我是一整天都不吃不喝不拉不撒沿着一条环形公路从清晨走到半夜的，结果您可能不会相信，再过秤时依旧是 59.5 公斤。

还有一件奇怪的事就是，我每天早晨醒来的时间总是在 6：30，不早不晚准 6：30，从无例外。我从不上闹钟。我也没有闹钟。我完全不需要什么闹钟。如果这一夜我睡着了，谁也别指望闹钟可以让我在 6：30 以前醒。那年地震是在凌晨三点多钟，即便那样我也还是睡到了 6：30 才醒。醒来看见床上并没有我，独自庆幸了一会发现完全是扯淡，我不过是睡在地上，掸掸身上的土爬起来时看出房顶和门窗都有一点歪。如果我失眠了一直到 6：29 才睡着的话，我也保证可以在 6：30 准时醒，而且没有诸如疲劳之类不好的感觉。人们有时候以我睡还是醒来判断时光是在 6：30 以前还是以后。

因此我对这两个数字——595 和 630——抱有特殊的好感，说不定那是我命运的密码，其中很可能隐含着一句法力无边的咒语。

譬如我决定买一件东西，譬如说买拖鞋、餐具、沙发什么的，我不大在意它们的式样和质量，我先要看看它们的标价，若有 5.95 元的、59.5 元的、595 元的，那么我就毫不犹豫地买下。再譬如看书，譬如说是一本很厚的书，我拿到它就先翻到第 630 页，看看那一页上究竟写了些什么，有没有什么不同寻常的暗示。我一天抽三包香烟，但最后一支只抽一半，这样我一天实际上是抽 59.5 支。除此之外我还喜欢在晚饭之后到办公室去嗑瓜子，那时候整座办公大楼里只亮着我面前的一盏灯，我清晰地听到瓜子裂开的声音和瓜子皮掉落在桌面上的声音，从傍晚嗑到深夜，嗑595个一歇，嗑6小时30分钟之后回家。总之我喜欢这两个数字，我相信在宇宙的某一个地方存在着关于我和这两个数字的说明。再譬如我听相声，如果我数到595或630它仍然不能使我笑，我就不听了。

所以有一次我走到一座楼房的门前时我恰恰数到595，于是我对这楼房充满了幻想，便转身走了进去。我感到一种从未有过的激动，我相信我必须得做一件不同凡响的事情来记住这座楼房了。我在幽暗的楼道里走，闭上眼睛。我想再数35下也就是数到630时我睁开眼睛，那时要是我正好停在一个屋门前的话，我一定不再犹豫一定不管三七二十一就敲门进去，也不管认不认得那屋里的主人我一定要跟他好好谈一谈了。630。我睁开眼睛。这儿是楼道的尽头，有三个门，右边的门上写着"女厕"，左边的门上写着"男厕"，中间的门开着上面写着"隔音间"。右边的门我不能进。左边的门我当然可以进，但我感觉还不需要进。我想中间这门是什么意思呢？我渐渐看清门内昏黑的角落里有一架电话。我早就听说有这样的无人看管的公用电话。我站在第630步上一动不动想了595下，我于是知道该做一件什么事情了。我走进电话间，把门轻轻关上，拿起电话，慎重地拨了一个号码：595630，慎重得就像母亲给孩子洗伤口一样。这样的事我做过不止一次了。有两次对方是男的，说我有病，"我看您是不是有病啊？"说罢就把电话挂了。有两次对方是女的，便骂我是流氓，"臭流氓！"这我记得清楚，她们通过电话线可以闻到你的味儿。

"喂，您找谁？"这一回是女的。

"我就找您。"我还是这么说。

她笑起来，这是我没料到的。她说："您太自信了，您的听力并不怎么好。我不是这儿的，我偶尔走过这儿发现电话在响没人管，这儿的人今天都休息。您找谁？"

"我就找您。"

她愣了一会又笑起来："那么您以为我是谁？"

"我不以为您是谁，您就是您。我不认识您，您也不认识我。"

电话里没有声音了。我准备听她骂完"臭流氓"就去找个地方称称体重，那时天色也就差不多了，我好到办公室嗑瓜子去。但事情再一次出乎我的意料，她没有骂。

"那为什么？"她说，声音轻得像是自语。

"干吗一定要为什么呢？我只是想跟您谈谈。"

"那为什么一定要跟我呢？"

"不不。我只是随便拨了一个号码，我不知道这个号码通到哪儿。您千万别误会，我根本不知道您是谁，我向您保证我以后也不想调查您是谁，也不想知道您在哪儿。"

她颤抖着出了一口长气，从电话里听就像是动荡起一股风暴，然后她说："您说吧。"

"什么？"

"您不是想跟我谈谈吗？您谈吧。"

"您别以为我是个坏人。"

"当然不会。"

"为什么呢?为什么是当然?"

"坏人不会像您这么信任一个陌生人的。"

多年来我第一回差点哭出来。我半天说不出话,而她就那么一直等着。

"您也别以为我是个无聊透顶的人。"

她说她也对我有个要求,她说请我不要以为她是那种惯于把别人想得很坏的人。她说:"行吗?那您说吧。"

"可我确实也没什么有意思的话要说。我本来没指望您会听到现在的。"

"随便说吧,说什么都行,不一定要有意思。"

我想了很久,觉得一切有意思的话都是最没意思的话,一切最没意思的话才是最有意思的话,所以我想了很久还是犹豫不决难以启口。我几次问她是否等得不耐烦了,她说没有。最后我想起了那个谜语。

"有一个早已失传了的谜语,现在已经没有人知道那是怎么一个谜语了。现在只知道它有三个特点。您有兴趣吗?"

"哪三个特点?"

"一是谜面一出谜底即现;二是如果你自己猜不到别人谁也无法告诉你;三是如果你猜到了你就肯定会认为你还没猜到。"

"噢,您也知道这个谜语?"她说。

"怎么,您也知道?"我说。

"是,知道,"她说,"这真好。"

"您不是想安慰我吧？"我说。

"当然不是。我是说这谜语真绝透了。"

"据说是自古以来最根本的一个谜语。离你最近可你看不见的，是什么？是睫毛。"

"我懂真的我懂。您也知道这个谜语真是绝透了。"电话里又传来一阵阵小小的风暴。我半天不说话，多年来我就渴望听到这样的风暴。然后她在电话里急切地喊起来："喂，喂！下回我怎么找您？"

我说："别说'您'好吗？说'你'。"我说我们最好是只做电话中的朋友，这样我们可以说话更随便些，更自由更真实些。她说她懂而且何止是懂，这也正是她所希望的。

以后我就每星期给她打一次电话，都是在595630电话所在之地的人们休息的那一天。我从不问她姓什么叫什么、是干什么的、多大年龄了等等。她也是这样，也不问。我们连为什么不问都不问。我们只是在愿意随便谈谈的时候随便谈谈。第二次通电话的时候，她告诉我，男人到底是比女人敢干，她早就想干而一直不敢干的事让我先干了。我说："你是怕人说你是臭流氓吧？"她听了笑声灿烂。第三次我们谈的是蔬菜和森林，蔬菜越来越贵，森林越来越少。第四次是谈床单和袜子，尤其谈了女人的长袜太容易跳丝，有一处跳丝就全完了。我说："你挺臭美的。"她说："废话你管得着吗？"我说第一我根本不管，第二臭美在我嘴里不是贬义词。她便欣然承认她相当喜欢臭美："但得是褒义词！"我说就如同我认为"臭流氓"是褒义词一样。第五次谈猫，二月正是闹猫的季节，于是谈到性。我没料到她会和我一样认为那是生活中最美的事情之一，同时她又和我一样是个性冷漠患者。"这很奇怪是吗？""很奇怪。"第六次谈狗，我说可惜城市里不让养狗，我真想搬到农村去住，那样可以养狗。她说："是吗？那我真搬到农村住去。"我说："算了吧，我们都是伪君子。"第七次说到钱，钱是一种极好的东西，连拉屎撒尿放屁都得受它摆布。她笑得喘不过气来："你夸张了，怎么会管得了最后一种？"我说："你想要是你能住到高级饭店去你还敢随便放屁吗？""干吗要随便？""所以我说钱是好东西。"第八次我们自由自在地骂了半天人，骂得畅快淋漓。第九次谈到上帝和烩猪肠子，她说："咳，那东西多脏啊！"我问她是指上帝还是指猪肠子？她说你知道那是装什么的吗？我说你是说上帝还是说猪肠子？她说："算了算了，和你这人缠不清。"第十次谈到宇宙、飞碟、特异功能、四维时空、测不准原理和蚂蚁。第十一次我们一块唱了好多真正的民歌，真正的民歌都是极坦率极纯情又极露骨的情歌。第十二次是说气候、季节、山野河流、鹿的目光与释迦牟尼何其相似，以及她的一只非常好看的扣子挤汽车时挤丢了，而我昨天差点让煤气罐给炸死。第十三次说到了爱情，她说这是说不清的事。我说什么是说得清的事呢？她说就连这也说不清，我们不过是在胡说八道。我说有谁不是在胡说八道呢？她便又笑声灿烂。我说我冒了被骂为臭流氓的危险就是为了能胡说八道和能听到纯正的胡说八道。她听了许久无声然后哭声辉煌经久不息，使我振奋不已。

她说她骨子里非常软弱。我说你别怕，我也一样，她说她外强中干其实自卑极了。我说我也一样，你别在意。她的哭声便转而娇媚。我说我何止于此，我还是个枯燥乏味的人。她说她也是。我说我还很庸俗简直无聊透顶。她让我别急，她说这下就好了她也是个俗不可耐的人。我说我无才无能一无可取之处。她让我别急，她说她也一样没有一点吸引人的地方。她不哭了，问我："你是个好人吗你觉得？"我说我觉不出来，你呢？她说她就是因为不知道怎样才能觉出自己是不是个好人，所以才问我的，可惜我也不知道。我说要是这样说，我大概是个灵魂肮脏的人。她说为什么呢？我便给她举一些实例，讲我当着人是怎样说，背着人是怎样想，讲我所做过的一切事情，讲我所有的一切念头，讲我白天的行为，也讲我黑夜的梦境，直讲到口干舌燥气喘吁吁，直讲到我自己也很难不承认自己是个臭流氓时，我才害怕了不讲了。类似这样的害怕是最可怕的事，好在我知道她不知道我是谁，不知道我在哪儿，即便在街上擦肩而过她也认不出我而我也认不出她，这样我才不害怕了。我说："嘿，怎么样，我是个坏人吧？"她说她不知道。我说那你究竟知道什么呢？她说她只知道她多年来一直在找我这样的人。"找我干什么？""找你，然后嫁给你。"于是我们约定在晚6：30见面，在一条环型公路的59.5公里处，她穿一身白，我穿一身黑。

我提前赶到了那里，这个提前很可能是个绝大的错误。我找到了59.5公里处的小石碑，并且坐在上头。我相信这个数字很吉利而这个姿势又很保险,但我没想到会在这儿碰上了我的妻子。我想不出有谁能告密。大概这是因为我提前来了,因为我没有恪守 630 这个数字。我们相距差不多有二十米至二十万光年远。我把帽子压得低些,我见她也把围巾围得高些。这说明我们都已发现了对方,并且都不想让对方发现自己。我想这也好,何必不这样呢?但她并不离开,当然我也没离开。她想监视我,那好吧,我正好可以抓住她监视我的证据,免得她过后又不承认。这样过了有十几分钟,到了 6:30。我坦荡地朝四周望望,我看见她也在朝四周望而且毫不加掩饰。这时我发现她穿了一身白,她正朝我走来。

她说:"我怎么没听出来是你?"

我说:"可不是吗,我也没听出是你。"

我们相对无言,很久。公路上各种车辆从我们身边呼啸而过。

她看看我,看我的时候仍然面有疑色。她说:"你再把那个谜语说一遍行吗?"

我说:"我不知道那个谜语,既不知道它的谜面也不知道它的谜底,只知道它有三个特点,第一……"

"行了,别说了,"她说,"看来真的是你。你的声音跟多年以前不一样了。"

我说:"你也是。"

她说:"你要是在电话里打打呼噜就好了,像每天夜里那样。那样我就知道是你了。"

我说:"我听见你夜里总咬牙。我给你买了打虫药一直没机会给你。"

我们就在小石碑旁坐下,沉默着看太阳下去,听晚风起来。

"我们明天还能那样打打电话吗?"

"谁知道呢?"

"还那样随便谈谈,还能那样随便谈谈吗?"

"谁知道呢?"

"试试行吗?"

"试试吧,试试当然行。"

然后我们一同回家,一路上沉默着看月亮升高,看星星都出来。快到家的时候我顺便去量了量体重,不多不少59.5公斤,我便知道明天早晨我会在6:30醒来。

C+X

她向我俯下身来。她向我俯下身来的时候,在充斥着浓烈的来苏味的空气中我闻到了一阵缥缈的幽香,缥缈得近乎不真实,以致四周的肃静更加凝重更加漫无边际了。

她的手指在我赤裸的胸上轻轻滑动,认真得就像在寻找一段被遗忘的文字。我把脸扭向一旁,以免那幽香给我太多的诱惑,以免轻轻的滑动会划破我濒死的安宁。

我把脸扭在一旁。我宁愿还是闻那种医院里所特有的味道。这味道绝非是因为喷洒了过多的来苏,我相信完全是因为这屋顶太高又太宽阔造成的。因为墙壁太厚,墙外的青苔过于年长日久。因为百叶窗的缝隙太规整把阳光推开得太远。因为各种治疗仪器过于精致,而她的衣帽又过于洁白的缘故。

她的手指终于停在一个地方不动。我闭上眼睛。我感到她走开。我感到她又回来。我知道她拿了红色的笔,还拿了角尺,要在我的胸上画四道整齐的线。笔尖在我的骨头上颠簸,几次颠离了角尺。笔和尺是凉的硬的,恰与她纤指的温柔对比鲜明。轻轻的温柔合着幽香使我全身一阵痉挛。我睁开眼睛,看见四道红线在我苍白嶙峋的胸上连成一个鲜艳的矩形,灿烂夺目。

然后她轻声说:"去吧。"

然后她轻声问:"行吗?"

我就去躺到一架冰冷的仪器下面,想到室外正是五月飞花的时光。

我问1床:"也是她管你吗?"

1床眯起浑浊的眼睛看我:"怎么样,滋味不坏吧,唵?"

我摸摸胸上的红方块。我说:"不疼。"

"我没说这个,"1床狡黠地笑起来,"她。刚才我们说谁来着?"他在自己身上猥亵地摩挲一阵,"唵?滋味不坏吧?"

3床那孩子问:"什么?什么滋味不坏?"

我对那孩子说:"别理他,别听他胡说。"

1床嗤嗤地笑着走到窗边,往窗外溜一眼,回身揪揪那孩子的头发:"真的,2床说得不错,你别理我,我眼看着就不是人了。"

"你现在就不是!"我说。

那孩子问:"为什么?"

"眼看着我就是一把灰了。"1床说。

那孩子问:"为什么?"

1床又独自笑了一会。

柳絮在窗外飘得缭乱,飘得匆忙。

1床从窗边走回来,眼里放着灰光,问我:"说老实话,那滋味确实不坏是不是?"

"我光是问问,是不是也是她管你。"

"你这人没意思,"他把手在脸前不屑地一挥,"你这年轻人一点不实在。"

3床那孩子问:"到底什么呀滋味不坏?"

1床又放肆地笑起来,对我说:"我情愿她每天都给我身上多画一个红方块,画满,你懂吗?画满!"

那孩子笑了,从床上跳起来。

"用她那暖呼呼的手,你懂吗?用她那双软乎乎的手,把我从上到下都画满……"

3床那孩子撩起了自己的衣裳,喊:"她今天又给我多画了一个!你们看呀,这个!"

1 床和我整宿整宿地呻吟，只有 3 床那孩子依旧可以睡得香甜。只有 3 床那孩子不知道红方块下是什么。只有他不知道那下面是癌。那下面是癌，但他不知道。他不知道。但确实是癌。他说是他爸爸说的，那不是癌。他说他妈妈跟他说过那真的不是癌。他妈妈跟他这样说的时候，用乞求的目光看着我和 1 床。他的父母走后，他看看 1 床的红方块，说："这不是癌。"他又看看我的红方块，说："你也不是癌。"我说是的我们都不是癌。

"那这红方块下是什么呀？"

"是一朵花。"

"噢，是一朵花呀？"

是一朵花。一朵无比艳丽的花。

月亮把东楼的阴影缩小，再把西楼的阴影放大，夜夜如此。在我和 1 床的呻吟声中，3 床那孩子睡得香甜。我们剩下的生命也许是为盼望那艳丽的花朵枯萎，也许仅仅是在等待它肆无忌惮地开放。

细细的风雨中，很多花都在开放。很多花瓣都伸展开，把无辜的色彩染进空中。黑土小路上游移着悄无声息的人。黑土小路曲折回绕分头隐入花丛，在另外的地方默然重逢。

掐一朵花，在指间使它转动，凝神于它的露水它的雌蕊与雄蕊，贴近鼻尖，无比的往事便散漫到细雨的微寒中去。

把花别在扣眼上，插在衣兜里，插在瓶中再放到床头去，以便夜深猛然惊醒时，闪着幽光的桌面上有一片片轻柔的落花。

3床的孩子问："就像这样的花吗？"

"兴许比这漂亮。"我说。

"那像什么？"

"也许就是这样的花吧。"

孩子仔细看自己小小肚皮上的红方块，仔细看很久，仰起脸来笑一笑承认了它的神秘："它是怎么长进去的呢？"

1床双目微合，端坐花间。

"他在干吗？喂！你在干吗？"

"他在做梦。"

"他在练功？"

"不，他在做梦。"

1床端坐花间，双手叠在丹田。

"今天会给他多画一个红方块吗？"

"你别信他胡说。"

"你呢？你想不想让她多给你画一个？"

"随她。"我说。

"你看那不是她来了？"

她正走上医院门前高高的白色的台阶，打了一把红色的雨伞，在铅灰色的天下。

1床端坐花间，双手摊开在膝盖上掌心朝天。天正赐细细的风雨给人间。

每天都有一段充满盼望的时间：在呻吟着的长夜过后，我从医院的东边走到西边，穿过湿漉漉的草地和阳光和鸟叫，走进另一条幽暗的楼道，走进那个仪器林立的房间，闻着冰冷的金属味和精细的烤漆味等她。闻着过于宽阔的屋顶味和过于厚重的墙壁味，等她。室内的仪器仿佛旷古形成的石钟乳。室外的青苔厚厚地漫上窗台。

所有仪器的电镀部分中都动起一道白色的影子，我渐渐又闻到了缥缈的幽香。

她温柔的手又放在我赤裸的胸上。她鬓边的垂发不时拂过我的肩膀。我听见她细细的呼吸就像细细的风雨，细细的风雨中布进了她的体温。我不把头扭开。我看见她白皙脖颈上的一颗黑痣。我看见光洁而浑实的她的脊背，隐没在衬衫深处。隐没了我从未见过的女人的躯体，和女人的花朵……她又走开。她又回来。在我的胸上，把褪了色的红方块重新描绘得鲜艳，那才是属于我的花朵。

然后她轻声说："去吧。"

然后她轻声问："行吗？"

然后她轻盈而茁壮地走开，把温馨全部带走到遥远的盼望中去。我相信1床那老混蛋说得对，画满！把那红方块给我通身画满吧，无论出于什么样的原因。

1床问我："你怎么没结婚？"

我说："我才二十一岁。"

1床浑浊的眼睛便越过我，望向窗外深远的黄昏。

3床那孩子在淡薄的夕阳中喊道："我妈跟我爸结过婚！"

1床探身凑近我，踌躇良久，问道："尝过女人的味了没有？"

我狠狠地瞪他，但狠狠的目光渐渐软弱并且逃避。"没有。"我说。

3床那孩子在空落的昏暗中喊道："我妈跟我爸结婚的时候还没有我呢！"

1床不说话。

我也不说。

那孩子说："真的我不骗你们，那时候我妈还没把我生出来呢。"

1床问我："你想看那个女人吗？"

"你少胡说！"

1床紧盯着我，我闭上眼睛。

很久，我睁开眼睛，1床仍紧盯着我。

我说："你别胡说。"却像是求他。

我们一齐看那孩子——月光中他已经睡熟。月光中流动着绵长的夜的花香。

我们便去看她。反正是睡不着。反正也是彻夜呻吟。我们便去看她，如月夜和花香中的两缕游魂。

1床说他知道她的住处。

走过一幢幢房屋的睡影，走过一片片空地的梦境，走过草坡和树林和静夜的蛙声。

1床说:"你看。"

巨大的无边的夜幕之中,便有了一方绿色的灯光。灯光里响着细密柔和的水声。绿蒙蒙的玻璃上动着她沐浴的身影。幸运的水,落在她身上,在那儿起伏汇聚辗转流遍;不幸的便溅作水花化作迷雾,在她的四周飘绕流连。

1床说:"要不要我给你讲些女人的事?"

"嘘——"我说。

水声停了。那方绿色的灯光灭了。卧室的门开了。卧室中唯有月光朦胧,使得那白色的身影闪闪烁烁,闪闪烁烁。便响起轻轻的钢琴曲,轻轻的并不打扰别人。她悠闲地坐到窗边,点起一支烟。小小的火光把她照亮了一会,她的头发还在滴水,她的周身还浮升着水汽。她吹灭了火,同时吹出一缕薄烟,吹进月光去让它飘飘荡荡,她顺势慵懒地向后靠一靠,身体藏进暗中,唯留两条美丽的长腿叠在一起在暗影之外,悠悠摇摆,伴那琴声的节拍。

1床说:"你不会像我,你还能活。"

"嘘——"我说。

她抽完了那支烟。她站起来。月亮此刻分外清明。清明之中她抱住双肩低头默立良久,清明之光把她周身的欲望勾画得流畅鲜明。钢琴声换成一段舞曲。令人难以觉察地,她的身体缓缓旋转,旋转进幽暗,又旋转进清明,旋转进幽暗再旋转进清明,幽暗与清明之间她的长发铺开荡散她的胸腹收展屈伸,两臂张扬起落,双腿慢步轻移,她浑身轻灵而紧实的肌肤飘然滚动，柔韧无声。

1床说："你不会死，你才二十一岁。"

"嘘——"我说。

她转进幽暗，很久没有出来。月光中只有平静的琴声。

她在哪儿？在做什么？她跳累了。她喘息着扑倒在地上，像一匹跑累了的马儿在那儿歇息，在那儿打滚儿，在那儿任意扭动漂亮的身躯，把脸紧贴在地面闭上眼睛畅快地长呼，让野性在全身纵情动荡，淋漓的汗水缀在每一个毛孔，心就可以快乐地嘶鸣……

她从暗影中走出来，已经穿戴齐整，端庄而且华贵而且步态雍容。她捧了一盆花，走到窗前，把花端放在窗台。她后退几步远远地端详，又走近来抚弄花的枝叶，便似有缥缈的幽香袭来。然后，窗帘在花的后面徐徐展开，将她隐没，只留花在玻璃和窗帘之间，只留满窗月色的空幻。

1床说："我给你讲一个谜语。你不会死你还年轻，听我给你讲一个谜语。"

一个已经没人知道了的谜语。没人知道它的谜面，也没人知道它的谜底。它的谜面就是它的谜底。你要是自己猜不到，谁也没法告诉你。你要是猜到了，你就会明白你还没有猜到你还得猜下去。

我躺在冰冷的仪器下面等她，她没有来。我们去看她，她的窗户关着，窗帘拉得很严。那盆花在玻璃和窗帘之间，绿绿的叶子长得挺拔。

1床又给3床的孩子讲那个谜语。

"那到底是个什么样的谜语呀？"孩子问。

"嗷，这一样是个谜语。"

我闻着医院里所特有的那种味道，等她，她还是没来。去看她，窗户关着窗帘还是拉得很严。那盆花在玻璃和窗帘之间，在太阳下，冒出了花蕾。

1床用另一个谜语提醒3床的孩子。

"就在眼前可是看不见的，你说是什么？"

"是什么？"

"眼睫毛。"

她一直没来。她的窗户一直关着。她的窗帘一直拉得很严。玻璃和窗帘之间已绽开鲜红的花朵，鲜红如血一样凄艳。

那孩子一直在猜那个谜语。

"你敢说那不是你瞎编的吗？"

"嗷，当然。传说那是所有的谜语中最真实的一个谜语。"

有一天我们去看她，她的住处四周嗡嗡嘤嘤挤满了围观的人群。

据说她在死前洗了澡，洗了很久，洗得非常仔细。据说她在死前吸了一支烟，听了一会音乐，还独自跳了一会舞。然后她认真地梳妆打扮。然后她坐到窗边的藤椅中去，吃了一些致命的药物。据最先发现她已经死去的人说,她穿戴得高雅而且华贵,她的神态端庄而且安详,她坐在藤椅中的姿势慵懒而且茁壮。

她什么遗言也没留下。

她房间里的一切都与往日一样。

只是窗台上有一盆花,有一根质地松软的粗绳一头浸在装满清水的盆里另一头埋进那盆花下的土中。水盆的位置比花盆的位置略高,水通过粗绳一点点洇散到花盆中去,花便在阳光下生长盛开,流溢着缥缈的幽香。

D+X

我常有些古怪之念。譬如我现在坐在桌前要写这篇小说,先就抽着烟散散漫漫呆想了好久:触动我使我要写这篇小说的那一对少年,此时此刻在哪儿呢?还有那个上了些年纪的男人,那个年轻的母亲和她的小姑娘,他们正在干什么?年轻的母亲也许正在织一件毛衣(夏天就快要过去了),她的小姑娘正在和煦的阳光里乖乖地唱歌;上了年纪的那个男人也许在喝酒,和别人或者只是自己;那一对少年呢?可能正经历着初次的接吻,正满怀真诚以心相许,但也可能早已互相不感兴趣了。什么都是可能的。什么都不确定。唯一可以确定的是,就在我写下这一行字的同时,他们也在这天底下活着,在这宇宙中的这颗星球上做着他们自己的事情。就在我写下这一行字的时候,在太平洋底的某一处黑暗的珊瑚丛中,正有一条大鱼在转目鼓腮悄然游憩;在非洲的原野上,正有一头饥肠辘辘的狮子在焦灼窥伺角马群的动静;在天上飞着一只鸟,在天上绝不止正飞着一只鸟;在某一片不毛之地的土层下,在一具奇异动物的化石已经默默地等待了多少万年,等待着向人类解释人类进化的疑案;而在某一个繁华喧嚣城市的深处,正有一件将要震撼世界的阴谋在悄悄进行;而在穷乡僻壤,有一个必将载入史册的人物正在他母亲的子宫中形成。就在我写下这一行字迹的时候,有一个人死了,有一个人恰恰出生。

那天我坐在一座古园里的一棵老树下,也在作这类胡思乱想:在这棵老树刚刚破土而出的时候,我的爷爷的爷爷的爷爷的爷爷是不是刚好走过这里呢?或者他正在哪儿做什么呢?当时的一切都是注定几百年后我坐在这儿胡思乱想的缘由吧?我这样想着的时候,落日苍茫而沉寂的光辉从远处细密的树林间铺展过来,铺展过古殿辉煌落寞的殿顶,铺展过开阔的草地和草地上正在开花的树木,铺展到老树和我这里,把我们的影子放倒在一大片散落的断石残阶上面,再铺开去,直到古园荒草蓬生的东墙。这时我看见老树另一边的路面上有两条影子正一跃一跃地长大,顺那影子望去,光芒里走着一男一女两个少年。

我听见他们的嗓音便知道他们既不再是孩子了也还不是大人。说他是小伙子似乎他还不十分够，只好称他是少年。另一个呢，却完全是个少女了。他们一路谈着。无论少女说什么，少年总是不以为然地笑笑，总是自命不凡地说"那可不一定"，然后把书包从一边肩上潇洒地甩到另一边肩上，信心百倍地朝四周望。少女却不急不慌专心说自己的话，在少年讥嘲地笑她并且说"那可不一定"的时候，她才停下不说，她才扭过脸来看他，但不争辩，仿佛她要说那么多的话只是为了给对方去否定，让他去把她驳倒，她心甘情愿。他们好像是在谈人活着到底是为什么，这让我对他们小小的年纪感到尊敬，使我恍惚觉得世界不过是在重复。

"嘿，那儿！"少年说。

他指的是离老树不远的一条石凳。他们快步走过去，活活泼泼地说笑着在石凳上坐下。准是在这时他们才发现了老树的阴影里还有一个人，因为他们一下子都不言语了，显得拘谨起来，并且暗暗拉开些距离。少女看一看天，又低头弄一弄自己的书包。少年强作坦然地东张西望，但碰到了我的目光却慌忙躲开。一时老树周围的太阳和太阳里的一对少年，都很遥远都很安静，使我感到我已是老人。我后悔不该去碰那样的目光，他们分明还在为自己的年幼而胆怯而羞愧。我只是欣喜于他们那活活泼泼的样子，想在那儿找寻永远不再属于我了的美妙岁月；无论是他的幼稚的骄狂，还是她的盲目的崇拜，都是出于彻底的纯情。这时少女说："我确实觉得物理太难了。"少年说：

"什么？噢，我倒不。"过了一会儿少女又说："我还是喜欢历史。"少年说："噢，历史。"不不，这不是他们刚才的话题，这绝不是他们跑到这儿来想要说的，这样的话在一定程度上是说给我听的。我懂。我也有过这样的年龄。他们准是刚刚放学，还没有回家，准是瞒过了老师和家长和别的同学，准是找了一个诸如谈学习谈班上工作之类的借口，以此来掩盖心里日趋动荡的愿望，无意中施展着他们小小的诡计。我想我是不是应该走开。我想我是不是漫不经心地转过身去，表示我对他们的谈话丝毫不感兴趣最好。这时候少年说："嚯，这儿可真晒。"少女说："是你说的这儿。"少年说："我没想到这儿这么晒。"少女说："我去哪儿都行。"我想我还是得走开，这初春的太阳怎么会晒呢？我在心里笑笑，起身离去，我听见在这一刻他们那边一点声音都没有。我猜想他们一定也是装作没大在意我的离去，但一定也是庆幸地注意听我离去的脚步声。没问题，也是。世界在重复。

太阳更低垂了些，给你的感觉是它在很远的地方与海面相碰发出的声音一直传到这里，传到这里只剩下颤动的余音；或许那竟是在远古敲响的锣鼓，传到今天仍震震不息。

世界千万年来只是在重复，在人的面前和心里重演。譬如，人活着到底是为什么？人应该怎么活，人怎么活才好？这便是千万年来一直在重复的问题。有人说：你这么问可真蠢真令人厌倦，这问不清楚你也没必要这么问，你想怎么活就去怎么活好了。就算他说得对，就算是这样我也知道：他是这么问过了的，他如果没这么问过他就不会这么回答，他一刻不这么问他就一刻不能这么回答。

我走过沉静的古殿，我就想，在这古殿乒乒乓乓开始建造的时候，必也有夕阳淡淡地照耀着的一刻，只是那些健壮的工匠们全都不存在了，那时候这天下地上数不清的人，现在一个都没有了。自从我见到那一对少年，我就知道我已经老了。我在这古园里慢慢地走，再没有什么要着急的事了，稀奇古怪的念头便潮水似的一层层涌来，只不过是毫无用处的乐趣。也可以说是休息，是我给我自己这忙忙碌碌的一生的一点酬劳。一点酬劳而已。我走过草地，我想，这儿总不能永远是这样的草地吧，那么在总要到来的那一天这儿究竟要发生什么事呢？我在开花的树木旁伫立片刻，我想，哪朵花结出的种子会成为我的孙子的孙子的孙子的孙子的面前的一棵大树呢？我走在断石残阶之间，这些石头曾经在哪一处山脚下沉睡过？它们在被搬运到这儿来的一路上都经历过什么？再譬如那一对少年，六十年后他们又在哪儿？或者各自在哪儿呢？万事万物，你若预测它的未来你就会说它有无数种可能，可你若回过头去看它的以往你就会知道其实只有一条命定之路。

这命定之路包括我现在坐在这儿，窗里窗外满是阳光，我要写这篇叫作小说的东西；包括在那座古园那个下午，那对少年与我相遇了一次，并且还要相遇一次；包括我在遇见他们之后觉得自己已是一个老人；包括就在那时，就在太平洋底的一条大鱼沉睡之时，非洲原野上一头狮子逍遥漫步之时，一些精子和一些卵子正在结合之时,某个天体正在坍塌或正在爆炸之时,我们未来的路已经安顿停当;还包括,在这样的命定之路上人究竟能得到什么——这谁也无法告诉谁,谁都一样,命定得靠自己几十年的经历去识破这件事。

我在那古园的小路上走,又和少年少女相遇。我听见有人说:"你不知道那是古树不许攀登吗?"又一个声音嗫嚅着嘴犟:"不知道。"我回身去看,训斥者是个骑着自行车的上了些年纪的男人,被训斥的便是那个少年。少女走在少年身后。上了些年纪的男人板着面孔:"什么你说?再说不知道!没看见树边立的牌子吗?"少年还要说,少女偷偷拽拽他的衣裳,两个人便跟在那男人的车边默默地走。少女见有人回头看他们,羞赧地低头又去弄一弄书包。少年还是强作镇定不肯显出屈服,但表情难免尴尬,目光不敢在任何一个路人脸上停留。

世界重演如旭日与夕阳一般。

就像一个老演员去剧团领他的退休金时,看见年轻人又在演他年轻时演过的戏剧。

我知道少女担心的是什么,就好像我记得她曾经跟我说过:她真怕事情一旦闹大,她所苦心设计的小小阴谋就要败露。我也知道少年的心情要更复杂一点,就好像我曾经是他而他现在是我:他怎么能当着他平生的第一个少女显得这么弱小,这么无能,这么丢人地被另一个男人训斥!他准是要在她面前显摆显摆攀那老树的本领,他准是吹过牛了,他准是在少女热切的怂恿的眼色下吹过天大的牛皮了,谁料,却结果弄成现在这副狼狈的模样。

我停一停把他们让到前面。我不远不近地跟在他们身后走。我有点兔死狐悲似的。我想必要的时候得为这一对小情人说句话，我现在老了我现在可以做这件事了，世界没有必要一模一样地重复，在需要我的时候我要过去提醒那个骑车的男人（我想他大概是古园的管理人）：喂，想想你自己的少年时光吧，难道你没看出这两个孩子正处在什么样的年龄？他们需要羡慕也需要炫耀，他们没必要总去注意你立的那块臭牌子！

我没猜错。过了一会儿，少女紧走几步走到少年前边走到那个男人面前，说："罚多少钱吧？"她低头不看那个男人，飞快地摸出自己寒碜的钱夹。

"走，跟我走一趟，"那个男人说，"看看你们到底知不知道自己是哪个学校的。"

我没有猜错。少年蹿上去把少女推开，样子很凶，把她推得远远的，然后自己朝那个男人更靠近些，并且瞪着那个男人并且忍耐着，那样子完全像一头视死如归的公鹿。年轻的公鹿面对危险要把母鹿藏在身后。我看见那个男人的眼神略略有些变化。他们僵持了一会，谁也没说话，然后继续往前走。

我还是跟在他们身后。如果那个男人仅仅是要罚一点钱我也就不说什么，否则我就要跟他谈谈，我想我可以提醒他想些事情，也许我愿意请他喝一顿酒，边喝酒边跟他谈谈：两颗初恋的稚嫩的心是不能这么随便去磕碰的，你懂吗？任何一个人在恋爱的时候都比你那棵老树重要一千倍你懂吗？你知不知道你和我是怎么老了的？

　　三个人在我前面一味地走下去。阳光已经淡得不易为人觉察。这古园着实很大，天色晚了游人便更稀少。三个人，加上我是四个，呈一行走，依次是：那个上了些年纪的骑车的男人、少年、少女和我。可能我命定是个乖僻的人，常气喘吁吁地做些傻事。气喘吁吁地做些傻事，还有胡思乱想。

　　渐渐地，我发现骑车的男人和少年之间的距离越拉越大了。我一下子没看出这是怎么回事。只见那距离在继续拉大着，那个男人只顾自己往前骑，完全不去注意和那少年之间的距离。我心想这样他不怕他们乘机跑掉吗？但我立刻就醒悟了，这正是那个男人的用意。嗷，好极了！我决定什么时候一定要请这家伙喝顿酒了。他是在对少年少女这样说呢：要跑你们就快跑吧，我不追，肯定不追，就当没这么回事算啦，不信你们看呀我离你们有多远了呀，你们要跑，就算我想追也追不上了呀——我直想跑过去谢谢他，为了世界在这个节骨眼上没有重演。我心里轻松了一下，热了一下，有什么东西从头到脚流动了一下，其实于我何干呢？我的往事并不能有所改变。

　　但少年没跑。他比我当年干得漂亮。他还在紧紧跟随那男人。我老了我已经懂了：要在平时他没准儿可以跑，但现在不行，他不能让少女对他失望，不能让那个训斥过他的男人当着少女的面看不起他，自从你们两个一同来到这儿你就不再是一个人了你就不再是个孩子，你可以胆怯你当然会胆怯，但你不该跑掉。现在的这个少年没有跑掉，他本来是有机会跑的但他没有跑，他比我幸运。他紧紧跟着那个男人。现在我老了我一眼就能看得明白：他并非那么情愿紧跟那个男人，他是想快快把少女甩得远远的甩在安全的地方，让她与这事无关。这样，他与少女之间的距离也在渐渐拉大。

少女慢慢地走着，仿佛路途茫茫。她心里害怕。她心里无比沮丧。她在后悔不该用了那样的眼色去怂恿少年。她在不抱希望地祈祷着平安。她在想事情败露之后，像她这样小小的年龄应该编一套什么样的谎话，她心乱如麻，她想不出来，便越想越怕。

当年的事情败露之后，我的爷爷问我："你为什么要跑掉？"他使劲冲我喊："你为什么要跑掉！"我没料到他不说我别的，只是说我："你为什么跑掉！"他不说别的，以后也没说过别的。

我跟在少女身后，保持着使她不易察觉的距离。我忽然想到：当年，是否也有一个老人跟在我们身后呢？我竟回身去看了看。当然没有，有也已经没有了。我可能真是乖僻，但愿不是有什么毛病。

少女也没有跑掉。她一直默默地跟随。有两次少年停下来等她，跟她匆匆说几句话又跟她拉开距离。他一定是跟她说："你别跟着你快回家吧，我一个人去。"她呢？她一定是说："不。"她说："不。"她只是说："不。"然后默默地跟随。在那一刻，我感到他们正在变成真正的男人和女人。

那个上了些年纪的男人最后进了一间小屋。过了一会儿，少年走到小屋前，犹豫片刻也走进去。又过了一会儿少女也到了那里，她推了推门没有推开，她敲了敲门，门还是不开，她站在门外听了一会儿，然后就在门前的台阶上坐下。她坐下去的样子显得沉着。这一路上她大概已经想好了，已经豁出去了，因而反倒泰然了不再害什么怕，也不去费心编什么谎话了。她把书包抱在怀里，静静地坐着，累了便双手托腮。天色迅速暗下去了。少女要等少年出来。

我也坐下，在不惊动少女的地方。我走得腰酸腿疼。我一辈子都在做这样费力而无用的事情。我本来是不想看到重演，现在没有重演，我却又有点悲哀似的，有点孤独。

当年吓得跑散了的那一对少年这会儿在哪儿呢？有一个正在这儿写一种叫作小说的东西。另一个呢？音信皆无。自从当年跑散了就音信皆无。

我实在是走累了。我靠在身旁的路灯杆下想闭一会儿眼睛。世界没有重演，世界不会重演，至少那个骑车的男人没有重演，那一对少年也没有重演，他们谁也没有抛下谁跑掉。这真好，这让我高兴，这就够了，这是我给我自己这气喘吁吁的一个下午的一点酬劳。那对少年不知道，他们永远不会知道，正像我也不知道当年是否也有一个乖僻的老人跟在我们身后。大概人只可以在心里为自己获得一点酬劳，大概就心可以获得的酬劳而言，一切都是重演，永远都是重演。我老了，在与死之间还有一段不知多长的路。大鱼还在游动，狮子还在散步，有一颗星星已经衰老，有一颗星星刚刚诞生，就在此时此刻，一切都已安顿停当。但在这剩下的命定之路上能获得什么,仍是个问题,你一刻不问便一刻得不到酬劳。

我睁开眼睛,路灯已经亮了,有个小姑娘站在我面前。她认真地看着我。看样子她有三岁,怀里抱着个大皮球。她不出声也不动,光是盯着我看,大概是要把我看个仔细,想个明白。

"你是谁呀?"我问。

她说:"你呢?"

这时候她的母亲喊她:"皮球找到了吗?快回来吧,该回家啦!"

小姑娘便向她母亲那边跑去。

Y+X

Y=50亿个人 =50亿个位置

Y=50亿个人 =50亿条命定之路

Y=50亿个人 =50亿种观察系统或角度

"测不准原理"的意思是:实际上同时具有精确位置和精确速度的概念在自然界是没有意义的。人们说一辆汽车的位置和速度容易同时测出,是因为对于通常客体,这一原理所指的测不准性太小而观察不到。

"并协原理"的意思是：光和电子的性状有时类似波，有时类似粒子，这取决于观察手段。也就是说它们具有波粒二象性，但不能同时观察波和粒子两方面。可是从各种观察取得的证据不能纳入单一图景，只能认为是互相补充构成现象的总体。

"嵌入观点"得出这样的结论：我们是嵌入在我们所描述的自然之中的。说世界独立于我们之外而孤立地存在着这一观点，已不再真实了。在某种奇特的意义上，宇宙本是一个观察者参与着的宇宙。

现代西方宇宙学的"人择原理"，和古代东方神秘主义的"万象唯识"，好像是在说着同一件事：客体并不是由主体生成的，但客体也并不是脱离主体而孤立存在的。

那么人呢？那么人呢？他既有一个粒子样的位置，又有一条波样的命定之路，他又是他自己的观察者。在这样的情况下要猜破那个谜语至少是很困难的。那个谜语有三个特点：

一、谜面一出，谜底即现。

二、已猜不破，无人可为其破。

三、一俟猜破，必恍然知其未破。

（此谜之难，难如写小说。我现在愈发不知写小说应该有什么规矩了。好不容易忍到读完了以上文字的读者，不必非把它当作小说不可，就像有些人建议的那样——把它当作一份读物算了。大家都轻松。）

关于一部以电影作舞台背景的戏剧之设想

一　前言

酗酒者 A 临终前寄出了一封信，信上的字密密麻麻龙飞凤舞相互叠盖，多不可辨认。可以认清的，唯这样几句：

　　……每个人都是孤零零地在舞台上演戏，周围的人群却全是电影——你能看见他们，听见他们，甚至偶尔跟他们交谈，但是你不能贴近他们，不能真切地触摸到他们。……当他们的影像消失，什么还能证明他们依然存在呢？唯有你的盼望和你的恐惧……

A 的话，使我设想一种以电影为舞台背景的戏剧：

1. 舞台的背景是一幅宽阔的银幕。放映机位于银幕背后。

2. 银幕前的舞台上演出戏剧。真正的剧中人只有一个——酗酒者A。

3. 其余的人多在银幕上，在电影里，或A的台词中——他们对于A以及对观众来说，都仅仅是幻影、梦境或消息。但不必拘泥于此，影中人亦可根据需要走上舞台，但那对于A正如对于观众——仍是不可贴近和触摸的，仍然只是幻影、梦境或消息而已。

4. 背景银幕上根据剧情需要放映电影，就是说，情节与A的视界、梦境、臆想、幻觉等等对应或相关。

5. 只有少量道具。有一个白发黑衣的老人负责搬运道具。

6. 如有可能按此设想排演和拍摄，剧名即为：《一部以电影作舞台背景的戏剧》。不要改动这剧名，更不要更换，也不要更换之后而把现有的剧名变作副标题。现有的剧名是唯一恰当的剧名，为了纪念已故的酗酒者A，这剧名是再完美不过了。

二　夜梦

剧场灯熄，舞台漆黑如夜，背景银幕上渐显A的梦境。

城市外景，白天。一条宽直的大街，一眼望不到头，两旁的楼房高低错落但显得过于规整。街上空无一人，沿街的阳台上也看不见一个人，人都哪儿去了呢？所有的窗户都关着并且都拉紧窗帘。那情景有点令人担忧，令人怀疑，所有的景物都像是电脑做出来的，有几分虚假。A的主观镜头沿街前行。阳光曚昽，天色灰白，有微风，浓密的树冠不停地摇动但没有声音，什么声音也没有。

一尘不染的路面上，A的影子停住，似乎犹豫，但只好还是缓缓前移。

画外，A的梦中呓语，如吟如叹非常清晰："我死了七天才被发现。他们发现我时，我已经臭了。"

如同回应，不知从哪儿传出一阵阵男女混杂的笑声——就像人们聚会时爆发的笑声，很正常，但很突然。

随之画面乱起来，一会儿天一会儿地，一会儿是楼顶、楼顶上苍白的太阳，一会儿是无人的窗口、窗口上晃动的树荫、玻璃反射的淡薄的阳光——A的主观镜头在上下左右地寻找。镜头最终一百八十度急转，画面稳定住：某一个胡同口上，露出一堆人呆望的脸。笑声戛然而止（又是什么声音都没有了），那些人都像被惊呆了似的，脸上毫无表情，只是睁大眼睛看着镜头、看着A。

镜头推向那群脸，直至叠摞的一团脸占满整个银幕。就是说，A向他们走近。

但是一眨眼间，稍不留神，那群脸全都消失，只剩下空空落落的那个胡同口。那些人呢,可能都躲进那条胡同里去了吧?

镜头很快地推到那胡同口。但是又细又长的那条胡同里一个人都不见,甚至连一个院门也没有,唯两道绵长的老墙夹着一条窄巷。非常奇怪,窄巷里种满了花,花朵丰满,或鲜红或雪白,一朵挨一朵蓬勃烂漫仿佛一条花的河流。顺着这花的河流举目远眺,胡同尽处豁然开朗,灿烂的阳光下是花的海洋,鲜花遍野直铺天际。

花浪随风摇荡。A的影子在浪面上起伏、扭动,仿佛漂移。渐渐响起嗡嗡的声音,先是细如虫鸣,继而密如急雨,越来越强大、辽阔,终于听出是人声,是城市的惯有的喧嚣……A的主观镜头再次转动一百八十度,缓缓转向大街:怎么了?所有的阳台上都站着人,所有的窗帘都拉开了,所有的窗口都探出毫无表情的脸,睁大眼睛朝街上望,好像出了什么事……

A看见:有一个人,赤身裸体地在街上跑,左顾右盼,看样子是想找个地方藏起来。但街道空阔、规整,没有藏身之处。他是谁?面目不清。他想躲在一棵大树后面,但是大树后面的窗口里正有几张严肃的脸在注视他。他故作镇静地走开,去推路旁的一扇门,门锁着,他使劲推使劲敲使劲撞,但那门纹丝不动。这时,不仅所有的阳台上都站满了人,连所有的楼顶上也都是人,所有的人都是衣冠齐整表情严肃。人们都在看他,因为大街上除了这个赤身裸体的人再没有什么可看的,再没有什么值得人们这样惊奇甚或是恼怒,嗡嗡的喧嚣声正是出于人们对他的议论。他是谁?仍然看不清他的脸。他又敲了两个门,都锁着。他又去大街的另一侧,连着敲了几个门,都不开。就是说没有人愿意他进去。他看见一座门楼上垂挂下一面大旗,便去拽那面旗,想把它拽下来裹住自己。但那面旗发出金属声,原来是一块铁板焊成的旗。窗口里、阳台上、楼顶上的人都哄笑起来。看来只有逃跑,可往哪儿逃呢?他只好沿街跑起来,在光天化日之下众目睽睽之下,在沿街不断的哄笑声中赤身裸体地跑。但是这样跑,更等于是展览——他必是意识到了这一点,停住步,站在一面高大的玻璃橱窗旁绝望地喘息着。这时,我们从橱窗的玻璃上得以仔细地看看他了:一丝不挂,瘦骨嶙峋,形态猥琐,苍白的身体瑟瑟发抖……

橱窗的玻璃渐渐占满整个银幕。那个赤裸丑陋的形体渐渐占满整个银幕。响起城市醒来的声音,人的吵嚷声、自行车声、汽车声、无病呻吟的流行歌曲声……很正常,也许很动人,正是城市的白天应该有的那些声音。他慢慢转过脸……

画外忽然一声大喊——A 的喊声,声嘶力竭凄惨无比。随之我们从橱窗的玻璃上看清了那张惊恐的脸——A,那个人就是 A。

A:原来那就是你自己!

喊声中,A 朝那面玻璃一拳打去,玻璃无声地粉碎,银幕和舞台上一片漆黑。

三　在家

舞台灯光渐亮，黎明室内的亮度。背景银幕被黑色的帷幕遮挡住三分之二，另外的三分之一上映出一面拉着窗帘的小窗，晨光在窗帘上飘动，窗棂、房檐、树枝的影子随之飘动。上一节城市醒来的声音延入此节。

A裹着毛巾被躺在台上，刚刚惊醒的样子，懵懵懂懂看一下四周，蜷着身子半天不敢动。

白发黑衣的老人推着运送道具的小车上台，车上一筐空酒瓶，再无其他。他像幽灵一样动作轻捷，把筐放在一个角落，把几个空酒瓶横倒竖卧地布放在A周围，推着空车下台。整个过程一无声响。

街上的声音有所变化，主要是掺进了此起彼落的各种叫卖声。

A慢慢坐起来，看着一道漏进室内的阳光发呆。

A："妈的，又天亮了。"

说罢他又躺倒，双手垫在脑后，跷起二郎腿，一声不响地看着天花板。

他伸手摸到一个酒瓶，摇一摇，空的，扔到一边。又摸到一个，还是空的。他坐起来东找西找，但所有的酒瓶都是空的。他叹了口气，继而哈欠连天。

一个哈欠打到一半他忽然不动了,手举在半空慢慢扭过身子,望着一个角落。

A:"啊,来啦伙计?来吧来吧,没事儿,干吗老那么鬼鬼祟祟的。"

他原地坐着转了九十度,饶有兴致地看着那个角落。

A:"甭怕,有什么不好意思的?自信点,你也是主人,还得我老这么强调吗?我住这儿,你也住这儿,家里外头总之这个地球上,你们耗子是第二主人。那没错儿,论数量论本事你们都是老二。说不定你们比我们还多呢,你们够不够一百亿?一个人平均两只耗子我看差不离。喂喂,别走哇老弟?对,回来,对对,甭客气。"

他站起来,摸出烟想点一支,但又揣回兜里,可能是怕惊跑了那只耗子。他面向那个角落,晃晃悠悠地来回踱步。

A:"邪了,现在的耗子一点儿都不怕人,你怎么盯着它,它怎么盯着你,好像它还有一肚子委屈呢。嘿,听我说,人比你们强的也就剩下能说话了。你说,你们还有哪点儿不如我们?我们吃什么你们吃什么,我们住什么你们也住什么,我们下饭馆、逛商店,你们不也照办?我们卡拉OK,可你们一宿一宿地在我床底下折腾也够卡拉够OK的。我们骄傲得不行,说是占领了整个地球,可我们到哪儿你们不是跟到哪儿?人老想消灭你们,是呀是呀,可指不定谁消灭谁呢。我看咱们是一路货,什么时候你们消灭了,估摸我们也就他妈的死绝了。你说什么,整天提心吊胆的怕这怕那?可你们以为人不怕吗……"

他忽然不说了,像是想起了什么,呆愣着。

背景银幕上又闪现几下他刚才的梦境:无人的大街,过于规整的楼房,寂静,虚假,令人生疑……

梦景消失。A站在舞台中央,呆愣良久。

A(自言自语):"老是这个梦,老是它。老是那句话,我死了七天才被发现……他妈的!"

A摇摇仍然有些发蒙的头,缓缓蹲下,面对角落里的那只耗子。

A(声音比刚才柔和了些,或者低沉了些):"别走哇伙计,别忙着走。陪陪我,这世界上离我最近的就是你了,要说朝夕相伴,咱们才正格的是朝夕相伴呢。夜里你嗑我的床腿,我埋怨了一句没有?那回你偷我的酒喝,醉得爬不回窝,我做了什么对不起你的事儿没有?可我最烦你老那么客气,客气其实最他妈虚伪。"

A蹲在地上,慢慢向那角落挪近。

A:"甭怕,咱俩谁也不知道谁的底细,这挺好,谁也就不会出卖谁,谁也用不着担心被谁出卖,谁也甭嘲笑谁、看不起谁,因为……因为谁也没拿住谁的短儿。我看过一个电影——是呀是呀,这点你也不如我。不过这没什么可羡慕的,那么一层布,上头五光十色地亲呀爱呀、哭哇笑哇跟真的似的,可你千万别过去摸,一摸保险特没劲——就那么一层布,里头什么也没有。有几回,听报告的时候,我挺想过去摸摸讲台上那个人,他讲得真是不错……可说真的伙计,我不敢……我怕……怕又摸到那么一层布……一层布后头什么也没有……"

A坐下，搓搓疲倦的脸，侧目看着身旁那只耗子。

A："那电影，说的是两个人，谁也不认识谁，在火车站上偶然碰上了，你一言我一语倒是都说了好些真心话……你想想那是为什么？你慢慢想想吧伙计，因为什么？就他妈的因为他们俩谁也不知道谁的底细。所以……所以咱俩也可以说说真心话。说什么呢？说真的，我是愿意你知道一点我的底细，你要是愿意听，我可以把我的底细全告诉你。其实，我也没有多少秘密，我是个没出息的人，我知道别人都是怎么说我的，酒徒，醉鬼，没有自制力，一事无成，不可救药……他们说的也许不错，可是伙计，这跟酒没关系。我只能跟你说，我有病，大夫也闹不清是什么病，一种罕见的病，搞得我总是一点力气都没有，脑瓜子老跟一辆汽车那么大，发动机在里头整天'轰隆隆、轰隆隆'，可是打不着火……不不，这跟酒一点关系都没有。当然酒我得少喝，这点自制力我是有的。少喝点酒对人有好处。不过我这病跟酒没关系，我得休息，得休息一阵子，然后他妈的你们瞧着吧，我会证明我比谁都不差……哥们儿，这我不是吹，我从小的功课就老是全年级第一……伙计，我知道你不会看不起我，因为我也没看不起你，再说咱俩谁也不想弄清谁的底细……"

A伸手想抚摸那只耗子，但是手悬停在半空。必是那耗子跑了。A呆滞的目光一直追随着那只溜走的耗子，直到它销声匿迹。A垂下头，半空中的手跌落下来。

A："唉，我早就知道，我早就知道全都是电影，全都是幻景，你摸不到谁，你甭想能摸到谁，你要是想看见他们你最好就别靠近他们，你要是想靠近他们，最……最好就别想去碰他们，最好跟他们保持一点距离，使他们不至于逃跑的距离，别把他们当真。可是……可是那你干吗不直接去看电影呢？妈的我又不是买不起电影票。问题是，问题是什么是真的……"

A沉默着，很久，掏出烟来点上，脸上表情僵滞。一缕缕青烟飘摇，飞散……忽然他抽抽咽咽地哭起来。

A："杨花儿也走了，毫无疑问我在离婚书上签了字，他妈的我签了字呀……不过，不过我不怨杨花儿，真的，我还是爱她，我也不怨她变了心……我知道，我明白，我自己对自己也是这么说——我哪点配她爱？她是个好人，杨花儿，她是这个世界上最好的人，是最对我好的人，是最理解我的人，只是……只是我这病让我对不起她……"

他止住哭泣，忽然想起了什么事的样子，又像是专心地听着窗外的鸟叫。窗外的鸟儿声声啼啭，天已大亮。

A："不过我还有点事得跟杨花儿说……可我说过我不再缠着她了……但要是真有事，总还是可以去找她的吧？"

A站起来，在台上快速走一圈，似乎也是这样快速地思索了一圈。

A："对，我得找她。杨花说过，要是真的有事是可以去找她的。我并不缠着她没完，我不是那种缠着人没完的人，我从来说话算话，我可不是那种娘们儿叽叽的人。"

A在台上转圈，速度放慢，似乎思索也跟着放慢了。

A:"可是别人会怎么想,杨花她们家的人会怎么说?我见了她说什么?……对了,有件事我必须得跟她说。我就说我忽然想起有件事……对了,我确实是有件事非得跟她说不可。可是……什么事呢?"

他站住,不动,紧皱眉头全力回忆。

白发黑衣的老人推车上台,把地上的空酒瓶收进筐中,把筐放在车上,又推车悄然下台,一点也不惊动A。

与此同时,画外或幕后响起第二节梦中的那句近乎谶语的话,很轻,如同叹息:"我死了七天才被发现……我死了七天才被发现……我死了七天才被发现……"

A环望室内。

A:"对了,得把这个家留给杨花儿,房门的钥匙得交给她。"

他从兜里掏出一串钥匙,抛起来,接住,转身下台。背景银幕上的画面渐隐,舞台灯熄。

四 在小公园

舞台灯光大亮,白天室外的亮度。城市的喧嚣声骤然强大辽阔,在远处隆隆不息。背景银幕上映出现实中的城市外景。近景是一个公园的围墙内:一道爬满了藤藤蔓蔓的老墙隔离出这一处清静的地方,鸟语声声,蝉鸣此起彼落,老墙下是茂密的草地,黄色和蓝色的野花星星点点。远景是浩瀚无边的城市:越过老墙,满目林立的高楼、饭店、商厦、电视塔、吊车转动的长臂、阳台上飘扬的被单、楼顶上的各色广告牌……甚至可以看见立交桥上连成串飞驶的汽车。引人注目的是最近处的一座淡绿色小楼——在老墙头上露出四个不完全的金色大字,但仍可认出是"少年之家"。(舞台灯光的亮度,以不影响背景电影为限,若能做到与背景电影融为一体当然是最好不过了。)

A上台,慢慢踱步若有所思。

运道具的老人尾随A上台,从车上卸下一条石凳,用衣袖把石凳掸一掸,把一瓶酒、一只酒杯、一个破旧的挎包摆在石凳上,然后推车下台。

A走到石凳旁,面对石凳席地而坐,仰望天空。一阵鸽哨声由远而近,渐渐又远去。他斟满一杯酒,一饮而尽,自言自语起来——好像他对面还有一个人。

A:"我不喜欢对着瓶子喝,真的,什么都得讲究形式,喝酒也一样。真的真的我不蒙你,醉翁之意不在酒,在喝,在喝这种形式。不是有茶道吗?也有酒道。可以简陋,但不可以粗俗,你说是吗?酒可以低劣,但不能影响人的高贵。有一回我喝醉了——真正喝酒的人是不忌讳说醉的,真正喝酒的人承认酒的威力,承认它敬畏它,爱它。爱它可并不等于仅仅是喜欢它，什么好东西你都会喜欢，但并不是什么好东西你都能爱它。爱它就是……就是……怎么说呢？就是……好吧我一会儿再告诉你。那回我真是喝醉了，坐在马路边吐得一塌糊涂。半夜，又下着雨，我一个人就那么吐了又吐，那叫难受，那叫痛快，我想我这回是他妈的死定了……这时候有个人从我身边骑车过去，过去了又回来，下了车问我怎么样？我说×他妈喝醉了，没事儿，走你的。那个人不走，也在马路边坐下，说是陪陪我。我说哥们儿不用，走你的吧哥们儿。他把雨衣给我盖上，又把我拖到一处房檐底下。我说这就行了，你走吧，歇会儿我也走。他背对着我抽烟，看雨，我看不大清他的脸。半天，迷迷瞪瞪的我又说，这么晚了，赶紧回家吧你。你们猜他怎么回答？你们不大能猜得出他怎么说，他说……他说……（A的声音有些颤抖）他说哥们儿你说什么呢？咱们都是喝酒的人。"

A擤鼻涕，忍着眼泪，同时连连点头，深深地点头，动作有些过分。呆愣了片刻，又斟满一杯酒，一口喝光。

A："我顶看不上一小口儿一小口儿抿酒的那帮家伙，抠抠唆唆小里小气娘们儿叽叽。要不就甭喝，喝就喝得像个爷们儿样。我见过一个小子，个不高块儿也不壮，可那小子行，喝起酒来是块料，一个搪瓷把儿缸子差不多装半斤，一仰脖儿完了！抹抹嘴该干吗干吗去。我最烦那帮人，弄二两酒在酒馆里穷泡，喝三唬四地滥吹牛。……噢我想起来了，爱它就是……总之爱它可不是借着它无病呻吟、装疯卖傻，爱它就是……就是得懂得它，崇拜它，甚至甘愿屈服于它把自己交给它！"

A站起来，绕着石凳转圈，被自己刚才的话感动、激励得一副志得意满的样子。然后他盘腿端坐在石凳前，挪开酒瓶和酒杯，从挎包里掏出笔和本，飞快地写了些什么。接着，他侧耳细听，站起来，倒退着步朝老墙外张望。

　　A："哎？杨花儿她们少年宫里今儿是怎么了，怎么这半天一点响动都没有？今天不是礼拜日吧？"

　　他站到石凳上去张望，一脸疑惑的神情。

　　A："弄不好今儿真他妈的是礼拜日吧？"

　　他慢慢蹲在石凳上，点一支烟，就势再成坐姿，良久无言，望着墙外发愣。出人意料，他的思路忽然跑到一个与刚才的情绪不大搭界的地方去了。

　　A："我真怀疑那些房子里到底有没有人。这么多房子，这么多窗户，这么多空调，好像是说那些房子里都住着人。可是，你怎么能知道都住着人？"

　　背景银幕上，固定的画面开始随着A的视点有所变动。镜头横摇：从一片高楼到另一片高楼。镜头推近：一个个窗口的特写，有的敞开着，有的紧闭着，有的窗帘轻轻飘动着。

　　A："好吧，我同意你说那里边都有人，可你怎么证明？谁能证明？谁他妈的证明过？你能到所有的房子里都确认一下吗？你不能。那是一件不可能的事。你不能证明，你凭什么说有人？关键是，你说有人可你又不能证明，那对你来说跟没人有什么两样？我说没人，对，我说没有！不错，我也不能证明，可这正说明我说对了。说没人，可以因为不能证明，而说有人就必须得能证明。我胡搅蛮缠？倒他娘的是我胡搅蛮缠？好吧好吧，那我问你，地球以外这一大片宇宙里还有人吗？你不敢说有，因为你无法证明，但是你可以说没有，虽然你还是无法证明。因为无法证明就等于是没有。因为不管它有人没人，对我来说都是没人，有人也与我无关，就跟没人一样，与我无关。反正与你无关，你一定要说有人那可真是比放屁还没用的一件事，那可真是比当众放屁还麻烦的一件事。"

背景银幕上的画面又稳定下来，繁华喧嚣如初。因为刚才的宏论，A又显出洋洋自得的神气。再喝一杯酒，从挎包里抽出一条黄瓜清脆地嚼，仰卧在草地上。

A："我在报纸上见过一条奇闻，说是有一个新娘，在婚礼上当众放了个极其响亮的屁，惹得哄堂大笑，结果她羞愧得一下子脑溢血了要不就是心肌梗塞了，总之一命呜呼。还听说有个总统，在就职演说的时候放了个屁，马上就职演说就改成了辞职报告。总统就不说他了，他本来就不必去当那个总统。可是那个新娘碍着你们哪儿了？况且那是人家自己的婚礼，自己的婚礼自己却因放屁而死。唉，可怜的人，真是可怜的人，再没有比她更可同情的人了。那条消息好多人看了都他妈的笑个不停，笑个狗！我真想把那些笑的人掐死。你们就不想想那是个多么不幸的人。你们就不想想你们他妈的也保不准会在你们的婚礼上溜出个屁来。你们就不想想，她绝不是放屁放死的，毫无疑问她正是让你们这些乌龟王八蛋笑死的！人人都要放屁，这是科学，是我们宝贵的功能和权利，可是人人却都嗤笑那个可怜的新娘。这就像人人都有一肚子真心话想说，可你要是真说了，一百次有九十九次你要遭到耻笑。唉，这个世界就这样儿，真诚永远是一个弱者，不信打赌，永远和到处，真诚都是一个弱者，就像一个乞丐，一个因为被剥夺而后被轻蔑的人。不是有人说吗，真诚压根儿就是弱者渴望的依靠，是强者偶尔送给弱者的一块干粮。这小子说得在行。真诚的逻辑和放屁的逻辑是一样的，你当众放出真诚和当众放出响屁那效果是一样的，你马上觉得需要请求原谅、请求宽容，可你要是憋住了不放——不管是屁还是真诚——那你就可以选择原谅或不原谅别人。唉，那个可怜的新娘，你何必这么在意别人呢？你是一个可爱的女人，你是一个会放屁的美妙的新娘，你是一个真实的人……要不是我还爱着杨花儿，要不是我还想杨花儿她能回来，我会追求你的，要是你那个新郎因此抛弃你看不起你那你就到我这儿来……唉唉，你干吗要死呢？换了我，我会再放一个给他们听听，妈的这帮畜生你们没听过吗？不过……不过说真的我也不敢，我虽然这么说可是轮到我我也得憋着，不管是屁还是什么，如果那可能引得众人笑你你就只有憋着……杨花儿说过我，说我是个怂包，说我光说不练……杨花儿说得全对，杨花儿她哪样都好就是不能理解酒，其实我喝的又不太多……唉，要让我说那个新娘应该算烈士，是一个壮烈赴死的英雄，全人类都应该纪念她……反正我不敢，我只敢憋着，也许屁我还敢放一点，但是很多比屁更重要的东西我只敢憋着。上帝保佑，像那样的事最好别落到我头上，我有时害怕我会憋不住……恐高症的人有时候会不由自主从高处跳下来，我也许他妈的得了恐放症。有一回我有幸见了一个名人，我请他在我的本子上签名，他低头签名的时候我忽然有一种强烈的欲望——把本子夺回来然后对着他那张洋洋自得的脸说'孙子，千万可别把你那龟名字写在我的本子上'。谢天谢地我忍住了，终于成功地憋住了，我恭恭敬敬接过本子热泪盈眶地跟那家伙握手，那家伙一定以为我是感动涕零了，其实我心里清楚，我是哭我自己呢，我他娘的才是个不折不扣的龟孙子！不过老天保佑我没惹乱子……"

他在胸前画着十字，又双手合十默望苍天，那样子有点魔魔道道的。然后他猛地一个鲤鱼打挺坐起来，再次眺望远处阳光下浩瀚的楼群。

A："也不知道那些房子里到底有没有人？那些窗户里，门里，墙后面？……你可以说没人，可毕竟你不能真正相信那儿没人，毕竟你得小心，即使离得这么远你还是得小心那些窗口里的眼睛。就算那儿真的没人，你敢怎样呢？问题是你总觉得那儿有人，有很多人，很多眼睛盯着你，在品评你，在挑剔你，褒贬你，轻蔑你要不谴责你。要是你总归得防备，那儿有人没人其实还不是一样吗？所以我要说那儿有人！关键是你不敢真正认为那儿没人，你不敢放松警惕，你不敢放松警惕这一点证明了那儿有人。有人没人，其实用不着去现场核实，用你是否需要警惕就能证明……是呀是呀，只有他妈的把自己关进一个封闭而且不透明的六面体里去，也许你才能稍稍放心一点儿，只有那样你才敢说周围没人……而在太阳底下，其实你找不到一个没人的地方，只要你走在光天化日之下就到处都是人……"

他侧耳细听。隐隐地有钢琴声，很轻。他站起来，随着琴声的节奏缓缓踱步。

A："看我说对了没有？少年宫里有人在弹琴。"

接着有一个童声随着钢琴唱起来，是电影《英俊少年》中的一首插曲，大意是日子过得很快，小小少年长大了，因此一天比一天多了烦恼。

A（低头自语）："是杨花儿，是她，是她在弹琴，她的琴声我一听就能听出来，一听就听出来……"声音有些颤抖、哽咽，"一听……就……就听出来。"

背景银幕上，叠印杨花儿弹琴的特写镜头：一个年轻、安静、文雅、纤弱的年轻女子。琴声很久，歌声如梦如幻。杨花儿弹琴的特写占满银幕，城市的喧嚣声渐隐，只有琴声和歌声，琴声清朗跳跃，歌声纯净无邪。

琴声和歌声中，A一杯接一杯地喝酒，步履渐渐不稳。

琴声和歌声骤止，银幕上杨花儿的影像随即消失。

A僵滞的手，颤巍巍地摸索到石凳，坐下来。他摇摇手里的酒瓶，空了，甩到墙根的草丛里去。酒杯塞进挎包，他双手捧头，浑身抖动着啜泣不止。

A："没什么说的，真……真的，没什么可说的，是我对……对不起杨花儿，杨花儿你走得对，我觉着我要还算是个男人我就应该答应你离婚，可是……可是杨花儿，我离不了你

208

呀，我一直不相信你就能这么一甩手走了……"

刚才的酒喝得太猛，他有点支撑不住了，便在石凳上躺下，揪过挎包来枕着。

A："杨花儿，杨花儿你知道吗，你就在那边弹琴，我……我就在这边听着，我们就隔一道墙，咱们其实离得多……多……多近哪。杨花儿，你怎么不弹了？弹哪，再弹一首，我听……听……听着哪，听着你的琴声，我好像……好像就……就觉得安……安全了点儿，就觉得安全……安全了……点儿……"

背景银幕渐暗，画面渐隐。A 酣然入睡。他翻了一个身，扑通一声翻下石凳，但他一无知觉，仍在黑甜之乡，躺在石凳下的草地上鼾声如雷。舞台灯光熄灭。

五　白日梦游

舞台上，一束灯光慢慢亮起来，但不要太亮，如同唯在梦中才有的那种微明。灯光在舞台上画出一块小小的圆区，中心是依然沉睡的 A 和那条石凳，四周更趋幽暗。层层帷幕垂挂在幽暗中，时而微微摆动。黑色帷幕从两侧向中间合拢，直到把背景银幕遮挡得只剩下二分之一。

轻轻地、朗朗地又响起钢琴声,弹奏的是舒伯特的一首儿童曲。有童声集体无字地哼唱,似来自很远的地方。

一群十三四岁的女孩子先后蹦蹦跳跳地上台,一律白色的衣裙。她们好像偶然到这草地上来玩耍的,一个招呼另一个,两三个引来了四五个,一共七八个。她们四处采摘野花,或者只是张望、寻找着什么,偶尔有一两个闯进灯光画出的圆区,但多数时间她们都在四周的幽暗中游逛,衣裙尤其显得雪白甚至闪亮。猜想她们必是有说有笑,但听不见她们的声音,舞台上仍是深睡般的静寂。只从遥远的地方,或者是从天上,传来童声的合唱;慢慢可以听出歌词了,大意是:五月,一起到河边去,看紫罗兰开放。歌声清澈明朗、悠扬淡远。

女孩子们采了野花,编成花环戴在头上。然后她们手拉手,以那块圆形的灯光为中心,拉成一个圈,跳起舞来。她们轻盈地跳着,围着A转着圈跳,一会儿顺时针转,一会儿逆时针转……却好像根本没有发现A的存在。于是琴声和歌声更真切了,更欢快更热烈了。

A坐起来,愣愣地看着她们。

A:"喂,你们是……是谁呀?喂,我问你们呢,你们是从少年宫里来吗?"

女孩子们不理他。

A:"那,你们那儿是不是有……有个老师姓杨?你们认不认识一个叫杨花儿的老……老师?"

女孩子们不答。她们只管跳,旁若无人,完全沉浸在纯洁美妙的歌舞中。

A只好看着,看一个个轻捷、窈窕的身影从他眼前转过去。A看得入迷,不由得也跟着哼那支歌。

A:"喂,我说,这歌我也……也会唱。"

没人理他。女孩子们根本连看都不看他一眼,那意思似乎是说:我们是来跳舞的,与你何干?你会唱就会唱呗,与我们何干?

A尴尬地笑笑,站起身,厚着脸皮走近女孩子。

A:"喂,也带我一……一块跳好不好?我不见得不行,小时候我也进过少年宫的舞蹈队,只是这么多年有点生疏了。喂,行不行你们倒是说……说话呀?"

情形毫无变化,女孩子们踢腿、抖肩、扭腰,只顾自己享受欢乐,只顾欣赏自己的青春和美丽。A急得团团转,无计可施。

A(自言自语):"你说这可怎么好?她们光是跳,光……光是跳,光顾了自己跳,跳得什么也听不见。要是无论你说什么她们都听……听不见,这事就不好办。"

A蹲在地上,继而跪在地上,抱着头撅着屁股,苦苦思索的样子。很久,他忽然抬起头,仿佛心生一计。

A(大喊一声):"嘿!——"

这一计果然奏效,女孩子们都停下来不跳了,一动不动地站着。琴声和歌声也随之停止。

A喜出望外,站起身,走近女孩子们,挨个端详她们。女孩子们的脸上却都没有表情——美丽,但不真实。

A:"喂,我说,你们干吗一下子都……都这么严肃?"

A的话音未落,琴声和歌声又响起来,女孩子们又跳起舞来,跟刚才一样,欢快、热烈。A看看这个,又看看那个,茫然无措。

A(急中生智,又大喊一声):"嘿!——"

音乐停止,女孩子们又都站住,一动不动。

A:"我只想说一……一句话,我只求你们带……带我一块玩儿。"

气死人了——音乐又响起来,女孩子们又跳起来。但A这回没有慌,反倒笑了。

A:"我懂了,她们这是说……说你要来跳你就来……来跳吧,一个人在那儿瞎……瞎嚷嚷什么?"

A便走上前去,试图拉住其中两个女孩子的手插进队中。

这一下可坏了,女孩子们四散而逃,逃上了背景银幕——当女孩子们逃到层层垂挂的黑色帷幕后面时,背景银幕上开始出现她们继续跳舞的画面。这一次音乐并不中断,但又变得遥远了,似有回声,仿佛从天上传来。舞蹈依然如故,只是从舞台上挪到银幕上去了,舞台上的真人变成了银幕上的影像。银幕上光线微明,背景幽暗,女孩子们认真、投入、自由且欢快地跳着。

A有些后悔,叹口气,就像不小心把什么东西弄坏了那样很是惋惜。他看看自己的手,心里大约是说:我干了什么?什么也没干呀？怎么刚一碰她们就弄成这样了呢？A 怏怏地退回到石凳旁，坐下。

可是，他刚一坐下，银幕上的女孩子们又都下来了——随着背景银幕上的画面消失，那群女孩子又都从帷幕后面跑出来，依旧手拉手围着 A 跳舞。音乐又近了。

A 高兴地跳到石凳上，蹲着，转着圈看她们。

A："喂，刚才怎么回事？我还以为你们都生……生气了呢。我想也不……不至于嘛。你们应该看得出来，我没什么歹意，我只是想跟你们一起跳。你们互相拉着手跳，我要参加进去，你们想，是不是我也得跟……跟你们拉着手？好吧好吧，刚才不算，咱们重……重新来。我可没有一点怪你们的意思啊，我这人浑……浑身是问题、是缺点，也许只有一个优点，就是我从来不怪罪谁，因为……因为你们想啊，谁心里都挺孤单的，都活得挺累，挺苦，挺……挺不容易的。好啦，咱们重新来吧。"

A 从石凳上跳下来，走近女孩子们，小心翼翼地去拉她们的手。得！又跟刚才一样，她们四散而逃，又都逃到银幕上去了。音乐声远了，女孩子们在银幕上若无其事地跳着，一切都是刚才的重演。

如是者再三。

A 傻了一样地站着，看着银幕。他"吭吭"地哭起来，又"哧哧"地笑。又哭又笑了一阵子，他毫无缘由地觉得那条石凳碍眼、可恨，对那石凳又踢又踹，仍不解恨，便用尽全力去掀那石凳，不可思议——那石凳居然被他掀翻了。掀翻了，又怎样呢？好像一切都更无聊了。他转身再去看银幕，女孩子们还在跳。

A（大喊）："回来！你们都……都……都回来！好像我是个坏……坏人似的，好像我是个臭……臭流氓，好像我是个不能靠近的人。下来，下……下来呀！你们下来，下来和我一……一起跳就不……不行吗？！"

他踉踉跄跄地扑向背景银幕，试图去捉住那些女孩子。就在他迎头撞上银幕的时候，只听得一声女人惊恐的尖叫，随之舞台灯光大亮，银幕上的女孩子们无影无踪，层层垂挂的帷幕拉开，银幕上恢复到第四节的画面——仍是那面挂满了攀爬植物的老墙，和墙外浩如烟海的楼群，时近正午，骄阳下的城市喧嚣不息。

A 颓然摔倒。

白发黑衣的老人上台，运来一把椅子，把椅子摆在舞台右侧，把掉落在地上的酒瓶、酒杯收进挎包，把挎包挂在椅背上，再把那条掀倒的石凳运走。随即舞台灯光熄灭，背景影片中断。

六　在派出所

右二分之一背景银幕被黑色的帷幕遮挡住。左二分之一背景银幕上映出一扇大玻璃窗,窗门敞开着,一个老警察坐在窗边的办公桌前,由于玻璃窗的衬照,老警察的侧影显得昏暗、朦胧,眉目不清。窗外仍可见刚才那些高层住宅楼、饭店的大字招牌、电视塔等等——只是换了个角度。

舞台上是白天室内的亮度。A坐在舞台右侧(即以黑色帷幕为背景的一侧)的那把椅子上,与银幕上的警察遥遥相对。

老警察:"嘿,明白点了没有?这儿是派出所。"

A:"派出所?我上这儿来干……干吗?"

老警察:"干吗?先问你自己,今天喝了多少?"

A:"哎?您的问题不大好理解,喝……喝酒跟……跟派出所有什么牵连?"

老警察:"但是你又喝醉了。"

A:"您真爱开玩笑。再……再……再喝半斤也不见得就……就能怎么样。"

老警察:"拉倒吧老兄。知道你刚才都干了什么吗?"

A歪着头想了一会儿,想不大清楚,心神仍有些恍惚。

A:"干了什么?是好像发生了点什……什么事。您不见得是说跳……跳舞什么的吧?"

老警察:"要我告诉你吗?第一,你破坏公共设施;第二,就算你不是调戏妇女,你也是恐吓妇女。"

A吓得站起来,踉踉跄跄几步蹿到警察跟前(舞台右侧),连连摇头、摆手。

A:"喂喂喂,这话可不是随……随便说的,您不能乘我睡……睡着了一会儿就……就给我栽赃。"

老警察:"栽赃?推倒的石凳还在那儿呢,要不要看看去?你又喝多啦!你喝多了,然后就睡了,然后就做梦,然后就梦游,然后就把公园的石凳推翻了,你的劲儿可真不小,你梦见什么了那么大劲儿?然后你又拉着一个老太太的胳膊,冲人家一个劲儿喊'下来,下来',那老太太得过中风你知道不?那老太太正在那儿练气功呢你知道不?那老太太要是让你给吓犯了病,你知道你得负什么责任不?唉,你呀,要不是我知道你的底细,真应该让你坐几天牢。"

A 好像终于想起了一些刚才发生的事,面对警察,呆愣着,打嗝儿。

老警察:"回去回去,别凑到我跟前来,酒气醺醺的呛人,到你的座位上去。"

A 慢慢朝椅子那边走,一路打着酒嗝儿,若有所思。走到椅子跟前,忽然浑身一机灵,酒醒了一大半,猛转回身。

A:"您说什么,要不是知道我的底……底细?您都知……知道什么?"

老警察:"什么我都知道。"

A 慢慢坐在椅子上,心惊胆战地看着银幕上的老警察。

老警察:"你喝酒喝出了名!喝得单位把你开除了,喝得杨花儿也跟你离了婚,喝得你老爹不让你进家门,你老娘提起你就掉眼泪,喝得你哥哥、妹妹谁都不搭理你,我说得不错吧?"

A(松了一口气似的):"噢——闹了半天您是说……说这

个，不错不错。这么说您对我们家挺熟悉？当然当然，我们家有俩名人，著……著名的老演员，对不对？也叫著名的艺……艺术家，谁……谁能不知道他们呢？可我……我这么跟您说得了，我爹我娘除了是演……演员之外什……什么都不是。我这么跟您说得了，我……我顶烦台上台下满不是一回事的那种人！当……当然了，他们是我亲爹亲娘，照理说我不该跟别人说他们的坏话，可我实在是不……不欣赏他们。不欣赏他们这总可……可以吧？"

A站起来，显得有些兴奋或者激动，一个趔趄，连忙抓住椅背。他就这么扶住椅背，以椅背为圆心，像推磨那样，脚底下磕磕绊绊地踱步，嘴里滔滔不绝。

A："不过我真说不好，他们俩谁更是表演天……天才。因为我妈是在台上演戏，我爸到了台下才……才开始演戏。也……也就是说，我妈到了台下变回她自己，可我爸呢，一上台才变成他……他自己。我爸总演些铁……铁腕人物，什么不可一世的皇……皇上啦，统领千……千军万马的将军啦，或……或者万众拥戴的领……领袖什么的，问题是他怎么会演得那么好，那么出……出神入化？我告诉您吧，那才是他的本……本性！他骨子里就是个帝王，要人服从他、恭维他，你要是不赞成他，他就说你是愚昧、庸俗、小人、狗屁，再不就说你喝……喝多了，不配跟他这个那个的。我跟您说得了，很多人都有这种帝王本性，很多人骨……骨子里都是这样，不信您就留……留神看着，只要有俩人，肯定就有一个强者，只要有仨人就……就出一个领……领袖。但要是几千几万几亿人不……不巧都到这地球上来……来了呢，那可就不……不见得人人都有当……当领袖的机会，所以我爸只好到……到舞台上去满……满足他做帝王的快乐。那他当……当然演得好喽，他骨子里就这样他……他能演得不……不像吗？但……但那不是表演那是他的本性，他真正精彩的表演是……是在台……台下，在……在家里。我还不知道他吗？我一生下来就看着他，看了三……三十多年了，你……你以为！一下台他可就满嘴的另一套台词，一天到晚什么谦虚吧、谨慎吧、自己多么渺小吧，群众才是了……了不起的吧，不管到哪儿都要跟群……群众打成一片吧，屁！演……演戏！你是谁？群众本来就是一片，你要打进来你……你是谁？你这么渺小你凭……凭什么混到了不起的群……群众里来？要是每一个群众都跟你似的渺……渺小，搁一块儿怎……怎么就了……了不起了呢？跟您说我实……实在是受够了，要……要不谁会这么说自个儿的亲……亲爹？"

　　A一不小心摔倒，椅子翻了，挎包掉在地上，他就势把挎包垫在屁股底下坐在那儿不起来。可能是头疼，他使劲掐着太阳穴，很久一声不吭，一动不动，可能是头疼得厉害。

　　白发黑衣的老人上台，把椅子运走。背景银幕上的画面渐隐。舞台灯光熄灭。

七　在动物园

舞台上轰然大亮,中午室外最强烈的光照度。黑色帷幕完全拉开,背景银幕上是动物园小湖旁的景象,游人络绎不绝,各种水禽在水面上、湖心岛上争相引颈高歌,一片欢腾。

A坐在空荡荡的舞台中央（即小湖旁的草地上）,仍是上一场的姿势,屁股底下垫着那只破挎包。过了一会儿,可能是那阵剧烈的头疼过去了,他从挎包里掏出纸和笔,飞快地写,走笔之声清晰可闻。写罢,又开始喃喃自语起来。

A:"我教……教您一个诀窍儿,识别一个人是不是在演戏的诀窍儿。比如说,一个人总说自己机灵,机灵机灵机灵,那……那他就是演戏,他在表演机灵其实他弱……弱智。要是一个人总说自己傻呢,我真傻我真笨我净他妈的吃……吃亏,他也是演戏,其实他什……什……什么亏也不吃。什么话说……说多了都难免是演戏。我妈总说我爸爱她,逢人就说我爸是多么多么爱她,他们俩互相是多么多么恩爱、亲密无间,坦率说我……我可看不出来。我妈她老想跟她舞台上扮演的那些角色比。她这辈子演的都是什么热恋的情人哪、幸……幸福的妻子呀、度尽苦难终于破……破镜重圆的恋人啦、要不就是殉情的烈女、冲破什么什么去投奔自由爱情的女性……总的来说她演……演得不错。说她演（!）得不错,就是说看得出来她是……是在使劲演，她不可能像我爸那样没有表演痕迹，因为她没有那样的体验，或者说她根……根本就不是那种人。她实在只不过是我爸的应……应声虫！"

背景银幕上，来往的游人开始注意到草地上（即舞台上）的A。男女老幼走过这里都扭过脸来，露出惊奇的神色，然后朝草地（舞台）这边走近。渐渐地，很多条腿占满银幕，很多条腿之间有一张小男孩儿天真的脸。小男孩儿索性蹲下来，津津有味地吮着雪糕，同样津津有味地看着A。

旁若无人，A顾自说着。

A："只配我爸跟她打……打……打成一片。她下了台还是想演戏，可她不行，不行就是不行，演着演着就演不下去，不像我爸台上台下都演得比她自信。演戏你得有信心，坚持到底就……就能骗人，我妈她一到裉节儿上就跑戏，就像做着做着梦忽……忽然醒了，演戏演戏你可醒什么呀？得，于是乎回到现实里来，哭着喊着问我爸到……到底是不是爱……爱她？这一下儿观众还不看出破绽来？看出我爸其实是我妈……妈的主人、领导、皇上！可……可我妈她并不是皇后，皇后得容得下三宫六院七十二妃，我妈她行吗？她哪儿行……行啊！"

背景银幕上，人越聚越多，各式的裤子、裙子、丝袜、皮鞋和凉鞋，围得不见天日。一片嘈杂，听不出人们都在说什么，或者干脆就不像人发出的声音，噪声！（效果师或录音师注意：只要是噪声，嗡嗡嘤嘤、喊喊喳喳、叽里咕噜、轰轰隆隆……只要是噪声就行，只要是噪声像什么都合适，并不太强，但是很辽阔。)噪声中,唯那男孩儿的问话声清晰、明朗:"妈妈,这是什么呀,这不是人吗有什么可看?"但听不到他妈妈的回答。

A:"听我大姨说,我爸压根儿就挺性……性解放的,打二十来岁起就拈花惹草的一辈子也没断了,不敢说七十二个,可二十七个总……总是够的。其实你解……解放就解放吧可你别骗人哪,我多几个同父异母的兄弟姐妹没什么不好,说实在这年头多几个亲人只会有……有好处?可你不能骗我妈那样的人,你不能连你的应声虫都一起骗,你不能总是演戏,世界虽说是个大舞台也……也总得有个地方是用……用不着演戏的呀。唉,我也看不上我妈,真的,我看不上她。没人的时候她自个儿哭,一来人就歌颂我爸,歌颂得连自个儿都被感动,但是你注意她的眼睛,她的眼……眼睛总是溜着我爸,就像笨蛋学生总……总是溜着老……老师的脸色那样。唉,您说我妈她就一定是爱我爸吗?屁,演戏!她其实是怕我爸,我真不明白你可怕……怕……怕他什么?他不顶多说你是愚昧、是无知、是喝……喝……喝多了,不让你在家里待吗?有……有什么了不起,值得你老是演戏,演不好还老演?这其实也是我妈的本性,人是有这种本……本性的,不信您留神着看,只要有俩人,就有一个弱者,只要有仨人就有俩群众互相争风吃醋,要是几千几万几十亿人不……不巧都跑到这球……球面上来了,结果大家就都恨皇上又都怕皇上,结果就谁也不敢说真话,生……生怕有谁告密给皇上,把你杀了把你砍了把你发了把你弄得人不人鬼不鬼，怕他的结果您猜是什么？是——一起唱颂……颂歌！您没猜对吧？那就——一起唱……唱颂歌吧，万岁万岁万万岁。您以为醉……醉鬼又是什么呢？醉鬼恰恰就是被人告……告了密，被人告了密又被皇上发……发配出去的倒霉蛋，然后墙倒众人推，大伙就一块说他是无……无能之……之辈，没志气，没有自……自制力，一事无成，说他这……这也不对，那……那也不行，是社会的累……累赘……"

背景银幕上，那个小男孩儿站起来，可能是觉得这一切毫无趣味，转身挤出人群——费了好大劲才从栅栏一样密立的腿群间钻出去。

A："不演戏的只有杨花儿，只……只有她和我，我和杨花儿在一起什么戏都不……不用演，谁也不会看不起谁，谁也用不着歌颂谁，我们的身体全……全在这儿呢，我们的灵……灵魂也全……全在这儿呢，我们的胆怯和我们的欲……欲望全在这儿呢，我们的可悲可怜可敬可爱我们的平庸和高贵我们的怯懦和勇敢我们的凡俗和神圣我们的无能和伟大全……全都在这儿呢，用……用不着他妈的演……演戏！这就是酒，我告诉你们吧，这就是酒……酒的意……意义！什么是爱？爱就是不演戏！把你的一切都敞……敞开，把你愿意敞开的和不……不愿意敞……敞开的都敞开吧，像对待酒一样地对……对待它们，敬畏它们，服……服从它们，迷恋它们，狂饮它们，被它们醉……醉倒，打倒，烂……烂醉如泥，烂醉如泥又……又他妈的有什么关系？那时候你就是酒，酒就……就是你，没有界线，没有边际，灵魂和肉体互……互相歌颂，就像天和地互相盼望，那时候我们和你们，你……你们和他们，互相崇拜，互相爱惜，就像天和地互……互相呼……呼唤着。我知道爱就是这样的，我体会过，她就是这……这样的，爱和酒是一样的，用……用不着装……装孙子，谁要是不知道这个谁就是根……根本没有爱过……"

A呆愣着，大约是说累了，也可能是沉入到某些回忆里去了，两眼直勾勾的好一阵子。

这时白发黑衣的老人推着一条绿色的长椅上台。他把长椅放在舞台左边，觉得不合适又改放在右边，仍然觉得不大合适。他像个影子似的在台上走了一圈，看看背景银幕上的图景，又看看A的神态，发现这一件道具送来得太早了，便摇摇头，抱歉地笑笑，又推着长椅下台。（诸如此类的情况，导演可以即兴添加、发挥，不必拘泥，因为命运之神有时候也难免出点儿差错。但你不能怪他，你无权怪罪命运之神——这一点是由其身份决定的。）

A："我得去找杨花儿，我还是得把她找回来，否……否则你就不得不演戏。当然我不会缠她，我不是那种赖里巴唧的人，杨花儿就是不懂酒，不懂得我们喝酒的人其实都……都是体面的人，我说了我不会缠她那……那就是说我一定不会缠她，很少有人能懂得喝……喝酒的人都是最说话算数的人。不过我还是得找到杨花儿，有些事我还是得跟……跟她说一下……什么来着？啊对了，钥匙。"

A蹲起来,捡起那只破拐包拍拍上面的土,环顾四周,忽然面露惊讶之色。

A:"哎?这是在哪儿呀?我不是在……在一间屋子里的吗?怎么是在……在这儿呢?本来是在一间屋子里,没错儿,好像还有一个警……警察什么的呀?"

周围一片哄笑。

A仰脸看背景银幕(即看周围的人群)。镜头拉起来,从密立的腿拉到拥挤的身体,再拉到排列不齐的脸。摇拍一圈:不同年龄、不同性别的脸,高高低低一张挨着一张,但表情却是一律地严肃,不露声色,都低头看着A。

A有些发毛,站起来,怯怯地走近背景银幕(即走近围观的人群),从银幕的一边慢慢走到另一边,仔细看那些人。

银幕上的人表情毫无变化,像行注目礼那样看着A,目光紧跟着他。

忽然,A望着背景银幕呆若木鸡。

银幕上的一张张脸在变形(通过电脑技术使之变形),变得光滑、规整、缺乏生气。镜头拉开,整个画面都变了,变成第二节中A的梦景:那些脸都是拥挤在一个个窗口间的,那些人都是默立在一个个阳台上的,所有的人都低头朝大街上望着……宽直的大街上,两旁楼舍错落,也都像是电脑制作的图景,树叶摇动得缓慢且无声,有些虚假,令人担忧令人怀疑……一个裸体的男人孤零零地在大街上走着,跑着,东躲西藏……

画外音,如吟如叹:"我死了七天才被发现。那时,我已经发霉了。"

A抓起他的破挎包,抱头鼠窜——他先往左,又往右,再往左,再往右,在银幕上的一片笑声中跑下舞台(即逃离围观的人群)。

八　单纯电影

空空的舞台。只剩下背景银幕上的电影:

黑熊在峭壁围困的池底仰望游人,无可奈何地站立起来作揖,用嘴灵巧地接住人们投来的食物,憨态可掬。

大象在铁栏里前摇后晃,重复着单调的动作,目中无人,像在练气功。

金钱豹趴在干枯的树权上,懒洋洋地睡着,偶尔半睁开眼睛看看吵闹得过分的游人。

猴子们在假山石上乱蹦乱跳,在秋千上悠来荡去,抓住笼壁上下攀缘,但终逃不出"如来佛的手心",或者是像人一样参透了:既然一切不过是游戏,那还有什么可发愁的?

公孔雀耐不住寂寞,不失时机地炫耀其美丽的装扮,享受异类的赞叹。而同类异性呢,则被冷落在一旁因而萎靡不振。

秃鹫蹲在接近笼顶的地方，眺望长空。

　　长颈鹿以慈悲的目光俯视一眼人间，然后两袖清风，转身走开。

　　野驴独自发情，不知羞耻地意淫。

　　虎，雄风已败，声声虎啸之后获得的不过是一只雪白的来亨鸡。

　　狼已经像狗。有个小姑娘的声音："哎呀妈妈，这只狗好难看哟！"

　　热带鱼悠闲自得地漂游、浮沉，没有天敌只有食物的生活是惬意的，故乡早扔在脑后。

　　蛇"咝咝"地吐着信子，一副兜售禁果的阴险嘴脸。

　　两只小羊乖乖地站在羊栏里，在哪儿也是逆来顺受。

　　紧挨着羊栏是马厩，一匹野马在那儿甩着尾巴轰苍蝇，眼睛一眨不眨地看着面前的栅栏，仿佛百思而未得其解。

　　镜头固定在羊栏的马厩前。

九　幻觉

　　舞台上以及背景银幕上的光线，都不像刚才那样强烈了，在放映上述影片的过程中，光线渐渐变得柔和了些，是午后两三点钟的样子了。远处虎啸猿啼狼嚎鹤唳狗吠人喧,这儿相对安静些,或者是冷落,没有什么人关心羊和马。

白发黑衣的老人再次推着那条长椅上台,把长椅安放在舞台偏左的地方,看一下银幕,这次对了,转身下台,与A擦肩而过。

A拎着挎包气喘喘地上台,一屁股坐在长椅上。挎包里沉甸甸的,是酒。

A:"哎哟妈呀,可算找着块清静地方了。这是什么鬼地方呀,到处是穿着衣裳和不穿衣裳的动物,这地方还真……真他娘的大,怎么走也走不出去了,出了一个门是'动物凶猛不可靠近',进了一个门是'动物珍贵不可靠近',干脆直说哪儿都不可靠近不就得了吗,真啰唆。"

他从挎包里摸出酒瓶和酒杯,端端正正摆在地上,想想不好,又把酒瓶和酒杯摆在长椅上,自己坐在地上,端详一会儿,贪馋又兴奋的样子。

A:"不不,我不会过分,绝不会。我讨厌那帮一喝酒就像发了情似的家伙,好像进了红灯区,互相迫害然后又互相抛弃。酒,你得尊敬它,你得欣……欣赏它,得像对待艺术品那样对待它,你得这么一点儿一点儿地理解它……"

他谦恭又谨慎地斟了半杯酒,轻轻地抿了一小口,闭上眼睛体会着。

A:"你得能跟它沟通,人们不是常说吗——理解,理解万岁。是这样。你不能糟蹋它,你糟蹋它难免它也就要糟蹋你,理解是互相的，因此宽容也必……必……必须是互相的。咕咚咕咚猛灌那叫什么？畜生！"

他被自己的妙语逗笑了，又抿了一口酒。

A："不不，也用不着什么酒菜，鱼呀肉哇的，不不不，你那倒是解馋呢还是喝酒哇？岂有此理岂有此理，岂有此理。"

他连连摇头，难于克制的兴奋，再喝一口。

A："事实上一般人不理解酒也正在于此，他们总以为这是解馋，不懂得这是交流，是沟通，是贴……贴近，倾心，无私地给予，是毫不见外地接受，是……啊对了，那些笼子里的东西为什么是低等动物呢？那些低等动物为什么掉到笼子里去了呢？并没有什么深……深奥的理由，就是因为他们不会喝酒！不会喝酒也不理解酒，就为这个！所以它们总是铁着个脸谁也不知道谁在想什么，谁也不看重谁的困……困苦，于是互相隔膜、怨恨、防备、争夺、厮杀……"

他一口喝干杯里的酒，再斟一杯。这回却已不像开始时那么谦恭谨慎了。

A："人要是总不能理解酒，早早晚晚也得是这个下……下场。历史书上不是说吗，人是怎么变成猿的？怎么变的？就这么变的——劳动和……和不喝酒！劳动和不会喝酒创造了猿。不会喝酒，当然也就不会造酒，当然也就不用再劳动，所以猿再也就变不回人来了。可人呢，光会劳动就叫人……人……人吗？大错而特错。光会劳动的叫作驴！会劳动也会喝酒的才是人。人，懂不懂？会喝酒因而会交流的那种动……动物才能叫人。"

他举杯一饮而尽,潇洒又豪爽。再斟一杯。

A:"酒为什么能使人交……交流呢?我告诉你们,首先,它能让人走进过……过去。你们不信是不是?我原来也不信,可是有一回我走进去了,就是靠……靠……靠酒走回到童年去了,真的,我没必要骗你们,就是靠这么一杯酒,啊不,两……两杯。那回也是像现在这样的天气,这样晴朗的午……午后,我躺下想睡一会儿,可总是不大睡得安稳,正这会儿就听见过去悄悄地来了,我是说过去,悄悄地到了窗外,到了窗外就停下了,不……不肯进来,在窗帘上飘呀飘呀的就是不……不肯进来。过去,没错儿我听见就是它来了,在窗外叫卖,在窗外走动,在窗外的树上啼……啼叫,在窗外的屋檐上吹拂,在窗外的小街上踢足球,又喊又笑,球踢在墙上砰砰地响我就知道过……过……过去来了,过去它来了但是它不肯进来,它只是在窗帘上飘呀飘呀没……没有酒就不肯进来。我爬起来想出去找它,但……但是我知道,我一出去它就会走开,我只要一出去找它它就没……没了,这是肯定的,毫无疑问它就会消失得一点儿都不剩,又都变成现在。这时候我真是急……急中生……生智,一下子就懂了,得有酒,必须得有酒,只要一杯酒……啊不不,只要喝上两大杯酒,过去就会在窗外原原本本地等我了,就不……不会那么无情无义地消……消失,它就会还是像原来那样儿不……不躲也不……不藏跟我亲密无……无间。所以我就喝了两大杯酒,走出屋,一下子就走到过去里去了。就这样，其实多……多么简单哪，就又回到我的童年去了。小街上有一块宽阔的空场，我跟小时候的那群朋……朋友就在过去里踢球，把两棵树当球门，踢完了就到小街口上去买玉米花儿，一边吃……吃着玉米花儿一边看天……天上的风筝，风筝飞得又高又稳，因……因为过去就……就是这样。有个孩子还买了一条小金鱼，有个卖小金鱼的老头儿总是吆喝'卖小——哎——小金鱼嘞……'他总是这么吆喝，声音传得很……很远，传遍了过……过……过去，充满了过去，因为过去就是这样……"

他再尽一杯。背景银幕上，来了个小男孩，扒着栅栏看那匹野马。从服装上可以认出，他就是刚才挤出人群的那个男孩。

A："这样说你们可……可能还是不信，我也并没要求你们一定得信，但是你们信不信也没……没什么了不起，事实总……总归是事……事实。而且酒不仅能让你走进过去，还能让你走……走进未来。未来是什么样你们一定很感兴趣，是呀是呀，你们不喝酒所以你们不知道，其实未……未……未来就在你们身边，真正会喝酒的人都知道，走进未来其……其实比……比走进过去还……还要容易得多呢，只不过我们喝酒的人不大愿意走进未来，因为那可不是什么好……好玩儿的事……"

他连着又喝了两杯。

背景银幕上的那个男孩儿转过身来，看着舞台上的A，愣愣地看了一会儿之后向A走近（出画）。与此同时，小男孩儿走上舞台（穿戴、相貌都跟银幕上的一模一样），走近A，在A身旁蹲下，好奇地看着A，听A独自喋喋不休。

A："走进未来可不像走进过去那……那么好玩儿。当然，未来之后还有未来，未来之未来也还有未来，但是我跟你们老……老实说吧，都不好玩儿，你会看见一些很……很让你不愉……愉快的情景。比……比如说，有一次我走进了一座被抛弃的城市，大街还是铺……铺……铺在那儿，楼房也还……还是竖在那儿，可是没有人了，一个人都没有了，人都走光了，都走到哪儿去了可……可是不……不大好说，为什么走……走……走了也他妈的闹不大清楚，反正你走到那些楼里去，什么都有就是没有人，电……电视机也还……还在那儿，但是没电，水龙头也拧不出一……一滴水，什么英雄呀好汉呀了不起的大名……名……名人呀他们的雕……雕像也还都气宇轩昂地站在那儿，可是轻轻一碰就稀里哗啦地碎掉了，什么理论呀主义呀思想呀也都一摞一摞地码放在书……书……书架上，可是轻轻一摸就都像灰烬似的飞……飞起来，就像是弄破了一个鸭绒枕头，漫天飞舞，飞得倒是很……很……很好看，很潇洒。走上阳台往下看，河早干了，风正把一堆……一……一堆的沙子搬到河道里去，搬到马路上，搬……搬到楼门里去，搬到窗户里来，把你的脚都……都埋起来，不知道哪儿来的那么多沙……沙……沙子。所以我跟你说那可并……并不怎么好玩。未来的未来呢，就更……更不让你愉快，在那儿我……我碰见了三……三个人，真不好意思，是三个赤身露体的女……女人。

我说真不好意思我不是故……故意要……要在你们这副模样的时候到你们跟……跟前来，她们说没关系。她们说现……现在什么关系也没有了，因为全世界上就剩了我们仨了。您应该懂得这……这是什么局……局面，您应该想得出，要是全世界只剩了三个人而这三个人又都是女……女的，那会怎样，那会有什么后果。我问，男人呢，他们跑到哪儿去了？三个女人说，没了，全没了，他……他们老是打……打仗，老是打、打、打的，互相憎恨，互相咒骂，互相指……指责，互相轻蔑，没完没了地打仗，结果不巧，点……点……点着了一个大火球就全没了，只剩下我们三个。为什么打仗呢？鬼知道为……为什么，可能是争着要上天……天……天堂。那怎么你们仨活了下来？因为我们仨那会儿刚……刚巧在地……地狱里。那三个女人要我留下来，她们说那……那样的话咱们的人就还可以再多……多起来，就可能不断地再多起来。可是我的酒劲儿就快过了，我说那可是办……办不到，我是过去的人，我不能不回……回……回到过去去呀……"

那个男孩站起来，走到 A 跟前，坐在长椅的一端。

男孩："你是谁呀？"

A 也站起来，坐到长椅的另一端，捧起酒杯饶有兴致地看着那个男孩。

A："这就怪了，我没问你是谁，你倒问起我……我是谁了。你叫什么名字？"

男孩："我叫 B。"

A惊得跳起来。

A："神了，我小时候也叫B，我来到这……这个世界上先……先叫B，后来长大了才改叫A的。说不定我又……又走进过去了吧？喂，小家伙我问你，你父母呢，他们在……在哪儿？"

男孩："他们去演出了。"

A："什么？他们是演……演员吗？"

男孩点点头。

A："我说什么来着，我说什么来着？我又走到过去里……里去了。不过嘛，嗯……不过也许是他走进未……未来里来了？"

A："小兄弟，我再问你一件事，你喝……喝酒了吗？"

男孩："哦，我喝过，好难喝好难喝哟，辣死了，就像嘴里着了火。"

A深深地点头，仿佛先知似的围着长椅昂首阔步。男孩的脸跟着A转。

A："这么说，你就是我。"

男孩笑起来："叔叔你真逗，我为什么是你呢？"

A："不是你走进了未……未来，就是我走……走进了过去，总而言之，你就是我的过去，我呢，就是你的未来。"

男孩："叔叔我有点儿喜欢你了，你说话跟别人不一样。叔叔你叫什么呀？"

A："我叫A。哦，等你再长大一点儿，那……那时你也会改……改名叫 A 的。"

男孩："为什么？"

A："因为我们就是在比你更大一点儿的时候，改……改名叫……叫 A 的。"

男孩："是不是所有的人，到那时候都要叫 A？"

A："不不不，别人随便他们叫……叫什么吧，只有我叫 A。"

男孩："可你说我也要叫 A 的呀？"

A："你就是我。"

男孩："叔叔，我不太懂你的话。不过，不过你说的挺好玩儿。"

A："噢，可不见得那……那么好玩儿……"

A 又在长椅一端坐下，仰天默望，喝酒。男孩离开长椅，蹲到 A 对面去看这个言行奇怪的人。

A："B，我建议你做……做事要小……小心些，无论什么事都要谨慎些，考虑得周……周……周到些，那样你才可能永远都是 B，不……不至于走到 A 的这……这一步。"

男孩："什么事呀，叔叔？"

A："别叫我叔叔，叫我 A，我不过是 A 呀，是你……你……你的未来，是 B 的未……未来。"

男孩："A？"

A："对，这就对了。B，你要耐心些，听……听我跟你说，我已经走到 A 了而你幸好还……还没有，所以我的话对……

对……对你是有益的，你要耐……耐心一点儿听，好吗？啊，是这样，当……当你还是 B 的时候，当然这个世界会是挺……挺……挺好玩儿的，一切都是亲切的，都是亲……亲近的，真实的，你一伸……伸手就……就可以摸到你的母亲、你的父亲，摸到你的兄弟姐妹，你的朋……朋友，到处都似乎是可……可以信……信赖的，是安全的，在你还是 B 的时候，你可以哭，也可以闹，可以肆……肆无忌惮地笑，可以说你想……想说的话，做你想做的梦，因为那时你还……还……还是 B 呀。可是，可是你要是一味地这样毫……毫无顾……顾忌，毫无防备，不会掩饰你心……心里的愿望，那你可就要倒霉了，你就难……难免要有一天成为 A 了。"

这时幕后（或画外）又响起了第五节中的音乐，继之歌声，唱的还是那个小小少年，他渐渐长大了，原来没有的烦恼现在有了，原来不知烦恼可现在烦恼越来越多了，一天天长大着烦恼就一天天地多起来。歌声缥缥缈缈，同时背景银幕上的画面渐渐模糊、消逝，然后又渐渐清晰，变成一片夕阳下的草地，没有远景，一片孤零零的草地，周围的幽暗仿佛是无边的宇宙，只这一片草地似被绚丽的晚霞映照。

男孩："A，你是说什么事呀，要我小心？"

A 不语，俯身于膝，双手捧面。

银幕上的草地愈加灿烂，从四周的幽暗中跑来了七八个十三四岁少女——就是第五节中的那群小姑娘，白衣秀发，身姿窈窕又蓬勃。她们在那片草地上，在夕阳的辉映下，又随着音乐跳起舞来。

男孩："A，你怎么啦？累了吗？"

A不答，也不动。

银幕上，那群少女中间，夹进了相同数目少男。音乐变得欢快，清朗的童声合唱着：五月，我们一起到河边去，看紫罗兰开放……于是草地上青岚缭绕，紫雾飘飞，野花盛开，蜂飞蝶舞，幽暗的地方出现一条小河，水草茂盛，波流潺潺，在夕阳下泛着金光。少男们和少女们跳着集体舞，轮流为伴，跳得热烈、优美……

男孩："A，你睡着了吗？你这样睡着了会不会感冒呢？"

A："B，你要耐心些，耐……耐心些好吗？"

银幕上，舞蹈的速度放慢（高速摄影），音乐和歌声的节奏也随之轻缓悠长。少男中有一个很像A，他尤其跳得投入，他痴迷地看着每一个舞伴，每一个都很美丽。一个个美丽动人的少女的脸庞（特写镜头），川流不息地在镜头前旋转而过，秀发飘扬，目光流盼……

男孩："什么事呀A？你干吗老是说要耐心些呢？"

A："因……因为，你爱她们你……你就不要那么鲁……鲁……鲁莽，B，你要记住这一点，因为你就快要爱上她们了，你迟……迟早要爱上她们的，但是你不要着急，不然的话，你就会走……走……走到A里去，那时就糟了，一切就都来……来不及了，那时你再……再懂得这个世界的规矩就……就……就有些晚了……"

银幕上，那个很像 A 的少男情不自禁搂住一个少女，吻了她，并且继续热烈地不顾一切地吻着她。于是舞蹈停止了，音乐和歌声都停止了，其余的少男少女愕然呆立。一团尖利嘈杂的噪声响起来，如同闹市中不断有急刹车的声音，如同不规则的心跳声被放大千倍万倍，如同噩梦纷纭夹杂着声声惊叫，由弱渐强，由稀而密，直到人的耳鼓难以承受时戛然而止，画面亦随之消失。银幕上先是一片幽暗，渐渐地幽暗中又浮现出那个很像 A 的少年，在他周围，河流没了，草地没了，晚霞也没有了，唯有他赤裸着的青春荡漾的身体——仿佛已没有了灵魂，头垂伏在膝头，孤零零地坐在无边无际的幽暗与沉寂中，就像旋转着漂流在浩瀚宇宙中的一粒尘埃。

　　A 猛地从长椅上跳起来，蹿到男孩跟前，气喘吁吁地跪下，想去抱住那男孩，但是他扑了一个空。男孩后退着，躲开他。

　　男孩："叔叔，你怎么了？"

　　A："B，你知道吗，我就是从那次之后改名叫……叫……叫了 A 的。当……当然你还不可能知道，但是，你将来就是要这样变……变成 A 的呀。你不得不变成 A，因……因为否则不管你走到哪儿，别人都知……知……知道你就是 B，你就是那个坏孩子，那个心……心灵不……不干净的人……"

　　男孩："我有点儿害怕。"

　　A："B，不要怕，我来保……保护你，不……不要怕他们，没啥了不起的，我来保护你，我和你，我……我们会互相保……保护的，你说是吗？"

男孩:"A叔叔,我得走了,我想去找我妈妈了。"

A:"不,你不要走,千万不要走……走……走进A里去,趁……趁着你还小,趁你还是B还没有做出什么丢人的事,你要听……听我说,听我告诉你,你要做一个安分的孩子,愿望不……不太多的孩子,宁可让人们说你傻也不……不……不要让人说你坏,要像你的父母那样,学会演……演戏。是呀,你要爱我们的父母,不要不……不理……理解他们,因为那是没有办法的事,这世界上有很多没有办法的事,这世界上的事差……差不多都没有什么办……办……办法可想。但即便是这样你也不能老是喝……喝酒,你不要走进A里去,千万不要,因为那是走进去就回……回不来的呀。你只能偶尔回……回去一下,就象征……征战在外偶尔去探……探一回亲,然后匆匆忙忙地又得跑回到A里去,更多的时候你喝……喝酒也他妈的不……不见得管用。最好的办法是你压根儿就不要变成A,永远都……都是B,都是一个无忧无虑讨……讨……讨人喜欢的孩子……"

男孩:"A叔叔,求求你让我走吧,我真的想去找……找我妈妈了。"

A:"怎么,你哭了?跟你的未……未来在……在一起你也不快活吗?那好吧。不过,你能不能让我摸……摸你一下?不不,我不是坏人,我向你保证我绝没有恶意。我只是有一种感觉,总是摆……摆脱不掉一种感觉,觉得每个人都……都是孤零零地在舞台上演……演戏,周围的人群却全是电影——你能看……看见他们，听见他们，甚至偶尔跟……跟他们交谈，但是你不能贴近他们，不能真……真……真切地触摸到他们，在见不到他……他们的日子里你只能猜想他们依……依然存在，但这猜想永远无……无……无法证实。你能不能给我证……证实呢，B？让我相信你是真实的，让我摸到你而相信那不只是一种影像，不只是一层布和一……一片光影其实后面什……什么都没有，你能吗B？你毕竟是我……我的过去呀，我毕竟是你的未来。"

A要挨近男孩。男孩倒退着、倒退着，猛地转身，惊惶地逃上了银幕。背景银幕上，画面恢复到马厩前，暮色浓重。男孩在马厩旁的小路上找到了他的妈妈，牵着他妈妈的裙裾，一步一回头地走去，慢慢走远了（出画）。

舞台上的光线也沉暗下来。A颓然走回到长椅前，摇摇酒瓶，空了，他甩掉空酒瓶，就势趴在长椅上，不声不响，一动不动。

舞台灯光越来越暗，越来越暗，直至一片漆黑。

背景银幕上却慢慢亮了起来，野马躁动不安起来，咴咴嘶叫，在栅栏里又踢又跳……忽然它纵身一跃，跳出了栅栏。

黑暗的舞台上，响起A的呕吐声。

背景银幕上，野马奔跑起来，跑上小路，跑过草地和假山，跑过小湖和树丛，在游人中横冲直撞，但没有声音。它跑出园门跑上马路，闹市中的人群惊叫着四散躲避，但没有声音。它跑过十字路口，警察按亮了所有的红灯，所有的车辆都停下来给它让路，路旁的人、阳台上的人、窗口里的人惊慌地望着它，但没有一点儿声音。它跑过商店，跑过楼群，跑出城市……

只有舞台上Ａ的呕吐声不停，没有其他声音。

银幕上，野马跑向旷野，跑向山林。音乐声起，辉煌畅朗如江河一泻千里。

舞台上，Ａ的呕吐声一会儿比一会儿剧烈。

银幕上，皑皑的雪山顶上太阳缓缓升起，照亮着雪山下的森林和森林边缘的溪水。野马在溪水旁畅饮，举头嘶鸣，声震山林。音乐变得悠扬、深稳、旷远。

舞台上，Ａ的呕吐声令人揪心。

银幕上，野马悠闲地走进开满鲜花的原野。像第二节中Ａ的梦境：蓝天下，一片花的海洋，鲜红或雪白的花硕大丰满，开得蓬勃烂漫，一团团一片片在微风中轻摇曼舞起伏如浪，在灿烂的阳光下直铺天际。音乐变得飞扬而隆重。

舞台上，Ａ的呕吐声渐渐有所缓解。

银幕上，日光曚昽乱云飞渡，野马孤独地走向无边的草原。草原似有不祥的消息，野马驻步张望。茂盛的草丛中蹲着狮子，埋伏着狼群。秃鹫贴着云层盘旋，云的影子和秃鹫的影子在草地上游弋。音乐低沉忧郁，且时时跳动着警醒的梆音。

舞台上，Ａ的呕吐声停止，代之以急促的喘息声。

银幕上，长河落日，大漠孤烟，彳亍于荒原的野马忽然望见了地平线上的野马群。它长嘶不止，抖擞鬃毛，向马群跑去。音乐又如一开始时那样昂然流畅了。

舞台上，A的呕吐声却又猛地高亢起来，干呕，那声音简直就像一辆发动不起来的破摩托车。

银幕上，孤独的野马终于跑回了马群。马群优哉游哉，一心一意啃着青草，甩着尾巴，打着响鼻。音乐温馨、安详。

舞台上，A的干呕声中加进痛苦的呻吟，同时断断续续地响起那句近乎谶语的话：我死了七天才被发现……被人发现时……我已经臭了……

银幕上，一些马跑起来，另一些马也跟着跑起来，于是几百匹几千匹上万匹一齐跑起来，先是缓跑继而急奔，马蹄声惊天动地隆隆不息，淹没了A的呕吐声。

白发黑衣的老人上台来，在黑暗中把绿色长椅和躺在长椅上的A一起推下台。

背景银幕上，画面渐隐。画面消失后，暴风雨般的马蹄声延续很久，直至渐渐远去，消失。

十　童声合唱队的演出

马蹄声消失后，响起童声的合唱，歌声虚幻、轻缓，可以是任何一首儿童歌曲，譬如：《听妈妈讲那过去的事情》《送别》

《卖报歌》《让我们荡起双桨》《小白船》。

舞台灯光大亮。背景银幕上映出一条红色横幅：少年宫童声合唱团音乐会。

这是一场真实的音乐会：三四十个男女少年精神焕发地走上台，三个一群，五个一组，或站，或坐，或蹲，或跪，找好自己的位置。一架钢琴位于舞台左侧，钢琴伴奏者是一位女教师——我们慢慢会认出她就是杨花儿。指挥者上台，向观众鞠躬，转过身去，看了看孩子们，举起指挥棒。这一次歌声真切、嘹亮，朗朗童音令人神往；可以是任何一首少年儿童歌曲，中国的外国的都可以，只要是孩子们的歌就肯定是恰当的。（甚至，《一部以电影作舞台背景的戏剧》的每一次公演，此场所选用的歌曲都不相同。当然了，可以不同也可以相同——自由，是其要义。）

几首歌之后，剧场中响起 A 的声音，轻虚如梦呓，飘忽似醉语："杨花儿，我找了你一整天了，不不，好……好……好几天了，啊不，我找……找了你一——一辈子了！你却不回来，你却不……不回家，你就坐在这儿管……管别人家的孩子……"

A 的声音既非来自台上，亦非来自幕后。台下的观众势必四下里张望、寻找。这时一束灯光打向剧场入口处：A 背着那只破挎包走进来，步履不稳，扶墙而立。

台上的演出照常进行。譬如剧场里闯进来一个醉汉，演员们要镇定，不受其干扰。随便观众都站起来看 A，舞台上又一首歌开始，唱的是：五月，我们一起到河边去，看紫罗兰开放……

A试图找到自己的座位,但一低头就要摔倒,连忙又靠在墙上。剧场服务员走到他跟前,轻声问了他一句什么。

A的声音很大:"我找……找杨花儿,就是那个弹钢琴的,对,没……没错儿,她的琴声我一听就……就能听……听出来。"

服务员先是轻声制止他的大声喧哗,又对他说了些什么。

A的声音略小一些:"好……好吧,那我就看……看演出,反正哪儿都一……一样,都是演……演……演戏。票?啊,我有。"

服务员打亮手电筒,看他的票,然后带领他走向舞台。那一束灯光一直跟随着他们。

与此同时,白发黑衣的老人在舞台最前沿布置了一把椅子——跟剧场中的椅子一模一样——椅子背对观众,椅背上的号码是:0排0号。

服务员带领A上台时,A与正要下台的白发黑衣老人撞个满怀,老人退闪。服务员指指0排0号,让A坐下。

舞台上的孩子们变换了队形,排列整齐。又唱起了那首关于一个小小少年正在长大的歌。

A一声不响地听完了这首歌。歌声一停,他开始喊杨花儿,双手在嘴边做成喇叭形。

A:"杨花儿!喂,杨花儿——唉,她听……听不见。喂杨花儿,是……是我,这儿,我在这……这儿哪——唉,她光顾着照看那孩子了。"

杨花儿毫无反应,专心致志地弹琴。歌声又起,唱的(比如说)是一首外国儿童歌曲《照镜子》:妈妈她到林里去了,我在家里闷得发慌,镜子镜子请你下来,快快照照我的模样……

A:"杨花儿,你看……看不见我,听……听不见我,也想……想……想不起我了吗?唉,人可真是不……不可思……思议呀,我们曾经离……离得那么近可现在又……又离得这么远,我们曾经离得很远却从人山人海中互……互相找……找到了,现在离得这么近却……却又互相丢……丢失了……"

他伸开双手在眼前摸索,僵硬的手指像是触摸着一面玻璃。

A:"这中间肯……肯定有一道墙,你摸不到它但你可……可以感……感觉到它。几千里几……几万里那中间可以没……没……没有墙,但是几十米、几米、几……几公分,中……中间却可能是一道墙。要是有……有一道墙,你就毫……毫无办法可想,哪怕只是一毫米厚,又坚固又光滑,又高又……又长你爬不过去也走不到头,那……那就算完了,对你来说,墙那边就等于什……什么也没有,你就最好死……死……死了那条心吧……"

服务员走到他的座位旁边,低声劝他不要说话,不要影响其他观众。

A沉默了一会儿。

这时候台上唱的是《小白船》:蓝蓝的天上银河里,有只小白船,船上有棵桂花树,白兔在游玩,桨儿桨儿看不见,船上也没帆,漂呀,漂呀,漂向西天……

A:"是呀是呀,什么也……也没有,飘向西天也没有。杨花儿,我找你找得走遍了天……天涯海角,你知道吗?我找你,找得差不多走……走……走完了一辈子,你该回……回来了吧?我知道,我知道你喜欢孩子,你喜……喜欢跟孩子们在……在一起,我何……何尝不……不是这样呢?可是杨花儿,你应该懂呀,我为……为什么不……不想帮你生……生个孩子?你是懂的呀!我是怕我们又让一个人、一个可……可爱的孩子来这世界上受……受孤独,一个凭白无……无辜的灵魂来……来受人间的讥笑,一颗满怀希……希……希望的心到这儿来遭人抛弃呀,杨花儿你……你说,他要来他是要干……干吗来?他是要……要找我们,找你们……"

他站起身转向观众。歌声和伴奏忽然都低下去(关掉麦克风),是一个女孩的独唱,和其他孩子们无字的伴唱。仍然是那首歌:漂呀漂呀,漂向天边……

A:"找咱们大家呀!可……可咱们未必能容得他,未必能不……不让他灰……灰心失望。不是有一首歌唱吗——'千年等一回,千年等……等一回'?他在那边忍受了一千年的寂……寂寞,所以他要来,来跟我们一起快快乐……乐乐地唱啊跳……跳哇来跟我们一起相……相亲相爱,来跟我们说……说说憋了一千年的心……心里话。可咱们,可咱们这儿早……早就立下了不知多少规矩,他哪儿知道呀,他刚来,那么小,那么天真那么任……任性,他还不可能懂得那……那么多规矩,他只以……以为这儿就……就是家呀……"

服务员又走到他身旁,轻声劝告他几句。他坐下来老实了一会儿。等服务员走开了,不见了,他又站起身面向观众滔滔不绝地说起来,先是小声说,如同耳语,但他根本管不住自己,越说声音越大。

A:"他漂呀漂……漂呀漂向天边为了什么?就是为……为了回家,可是他一来他就知……知道了,家也不过是这……这样,到处都是墙,到……到处都是,大家不过是都在墙与墙之间整……整天乱……乱撞,被各种墙分……分割着,隔离着。空气的墙,阳……阳光的墙,目光,语……语言墙,还有笑容、咳……咳……咳嗽、摇头、长……长出气、眨眼、撇……撇嘴,捂鼻子,吐……吐唾沫,多啦,都是墙。就是挤在公……公共汽车上挤……挤得喘不过气儿来,其实谁跟谁也……也没有更……更近些,就是在澡堂子里大家都……都是一丝不挂,其实也……也还是相隔千里万……万里,那些墙一……一点儿不比钢筋水……水泥的墙好……好对付,撞在上面岂止是头破血流哇,简……简直就……就……唉,那你让他干吗来?让他来受罪?来演……演戏?来……来学习伪装?是的是的,毫无疑问,他们会的,他……他们终于会变……变得跟我们一样,不……不……不得不学会傲慢、威……威严、潇洒、轻视别……别人、仇恨、掩饰、欺……欺骗、讨好、躲闪、指……指桑骂……骂槐、旁敲侧……侧击,结果互相隔膜、抛弃,人人都免不了孤……孤独，四周都是墙，很薄，发着金……金……金属的闪光和金……金属的声音，很薄可是很重很……很……很结实能压死你，你信……信不信？再没有说说真心话的地方了，没……没有，没有了，否则人们就……就要骂你是醉……醉鬼，没出息，没能耐，没……没长大。是呀酒，酒，酒这坏东西，所有的坏……坏东西加……加在一块酿……酿出的这东西，难道让孩子们从那边到……到这边来就是为了来喝……喝这玩意儿的吗？还是别让他们来吧，酒这东西有……有一种强……强大的诱惑力，不是谁想不喝就……就能不不喝的，实际上并……并不见得是你喝它，更可能是它喝……喝……喝你，它魅力无穷，因为它是所有那些坏……坏东西酿……酿成的，所有那些坏……坏东西都是魅……魅力无穷的，加在一块儿还了……了得吗？啊，不过话虽是这……这么说，该喝还……还是要喝的，否则怎么办呢，你既……既然来了？"

他又从挎包里摸出酒瓶，仰脖喝了一大口。正要再说什么，服务员再次走到他跟前，服务员身后还跟着两个保安人员。服务员向A说了几句什么，A大吵大叫起来。

A："小姐们先……先生们，我有票哇，我……我是有……有票的呀！为什么？为……为什么要我出去？不不，我没有义……义务出……出去，恰恰相反我有权利听孩子们唱……唱歌！难道有谁比我更有权利听他们唱歌吗？岂有此理！而……而且我认识杨……杨花儿呀，我们虽然离……离了婚但……我们仍……仍然是朋友哇，仍然是这……这个世界上最……最亲近的人呀……"

钢琴旁，杨花儿站起来，她终于发现了Ａ。她惊讶地看着Ａ，呆立不动，面色如土，然后慢慢坐下，呆呆地坐着，不知所措。

两个保安人员一人架起Ａ的一条胳膊，把Ａ往剧场外拖。Ａ一路喊着杨花儿。

Ａ："杨花儿你回……回来吧，我给你送……送咱们家的钥……钥……钥匙来了，我知道你没有自己的房子，咱们那……那个家永……永远都是你的，只要你回来，那间房子就……就……就是你的家。我可以住……住到别……别处去，随便哪儿，只要你回……回来，回来吧杨花儿，快回来吧，今晚上弹……弹完琴就……就回来好吗？你要还是讨……讨厌我，我可以走开，只要有……有一点儿酒，我是可以睡……睡……睡在街上的，是的我睡过，哪儿都……都行，我冻不着，因……因为有……有酒哇。你们放开我，放……放开我一……一会儿，让我把家……家里的钥匙给杨花儿，放开我……"

他猛地挣脱开两个保安人员，发疯似的往舞台上跑。

他跑上台，跑到杨花儿跟前，掏出一串钥匙在空中晃了一下，那动作近乎优美，又近乎荒唐、滑稽。

杨花儿面如死灰。

Ａ一步一步接近杨花儿，就在他把钥匙交到杨花儿手中就要触到杨花儿的一瞬间，舞台灯光唰地熄灭。

背景银幕上唯有那条红色横幅微微飘动。舞台上，依稀可见演员们（唱歌的孩子们，杨花儿被裹挟于其中）慌慌忙忙地下场，脚步声、咳嗽声、低语声清晰可闻——在此过程中，背景银幕前的黑色帷幕缓缓收拢，那条红色横幅亦隐没不见。舞台上一团漆黑、寂静。

十一　城市夜景

舞台灯光昏昏暗暗，是街道一角。黑色帷幕拉开，背景银幕上映出城市夜景，万家灯火，车流如潮仿佛条条闪耀的龙蛇游走，霓虹灯在夜空中变幻出种种五彩图形，以致星月为之暗淡失色。

A踉踉跄跄走上舞台，边走边哼哼唧唧地唱，举着酒瓶滥饮。

白发黑衣老人推上来一盏高高的路灯，舞台上比刚才亮堂了些。老人又推上来一只绿色的邮筒，安置在灯杆下。

A走到路灯下，靠着邮筒站稳。

A："人们都……都说酒是坏东西，可是，你们干吗不……不听听酒是怎么说？酒说，人才是最坏的东西。又不信是不是？好好，那……那我问你，酒看不起人了吗？酒把人分成三……三六九等了吗？酒不让你说你想说的话了吗？酒搞过什么他妈的阴……阴……阴谋诡计？没有！可……可人呢，人怎么样？好，我再问你，酒把河……河流给弄干了吗？把草原弄……弄成沙……沙漠了吗？把很多很多动物都弄绝种了吗？把臭氧层弄出一个大……大窟窿了吗？那好，我再问你，酒说假话吗？可是人说！人说我们是平……平等的，可我们什么时候平等过？人说我们是自由的，可……可我们什么时候自……自……自由过？人说我们是伟大的民族，那么请……请……请问，哪一个民族是……是渺小的？人说我们是光……光荣的，再……再请问，谁又是耻辱的呢？我们是神圣的，好好好，那……那……那谁是庸俗的你最……最好先告诉我。动物？植物？石头？云……云彩？风？还是别人？是的，只能是别人！可所有的别人也都……都说……说他们是光荣的、神……神……神圣的。问题是，谁都可以自称我们，可是谁又都逃……逃脱不了被称为别……别人，结果大家都是说着屁……屁话。放屁并不要紧，我赞成放……放……放屁自由。但是屁话来回说，这里面就必定有点儿不……不……不可告人的玩意儿了……"

　　他把酒瓶放在地上，自己也坐在地上，歪着头想，啃着指甲想，大约终于想不出那究竟是什么玩意儿。然后他从挎包中掏出纸和笔，久久地埋头疾书。最后，他把那张纸叠好，居然又从挎包中摸出个信封，把那张写满了字的纸装进去，左顾右盼找不到胶水或糨糊一类有黏性的东西，便吐口唾沫好歹把信封粘好。他把粘好的信封放在一旁，长长地舒了口气，好像完成了一件什么大事似的。

A："人是唯……唯一会说话的动物吗？不，人其实是唯一会说瞎……瞎……瞎话的动物。比如吧，人们赞美爱、颂扬爱、说他们最渴望的就是爱，可实……实际上呢？倒是战争越来越多，武器越来越精良，掠夺和复……复……复仇的手段也越来越高明越残忍，这你怎……怎么解释？难道渴望东，结果必定要跑到西……西边去吗？再比如，十个人有八个会对你说，他们看重的绝不……不是物质和金钱，而是精……精神的富……富有，可是，到富……富庶之地去的人很少回来，到穷乡僻壤去……去的呢，倒是保证待……待不住。莫非物质的富有和精……精神的富……富有一定是成正比的吗？要是那样当……当然好，可要是那样还……还用你来废话说……说……说什么你更看重精神的富……富有吗？再比如，你去问孩子，问……问……问他们是创造好，还……还是享乐好？他们肯定会告诉你，是创……创造好，可是你给他们一道难……难题和……和一桌美味，你看他们挑哪样吧。还有，谁都会说自己爱劳动，可……可快……快乐的节日是啥意思？连小学生也能告诉你，首先是不……不用去上……上学了。还有，老虎可怕不可怕？我这辈子头一回听说老……虎，就是听说老虎要……要吃人，可现在呢——人说瞎话真……真是说得精彩极了——人就快要把老虎吃……吃光了！当……当然了，人有时候也说漏嘴，一方面说诚实是可贵的，另一方面又……又说物以稀为贵，那么可贵的诚实是很……很多呢还……还是很少？他们绝不会承认是很少，你要是说很少，他……他们就会愤……愤怒，我估计现在就有人愤怒了。是呀是呀，总是这样，人的骨……骨子里就倾向于自……自欺欺人。可是人为什么要这样？我告诉你们吧，我活了很……很久了我可以告诉你们了，我说不定很快就……就要死了，我没有什么再害怕的了，所……所以我可以告……告诉你们了。第……第一，凡是人们提……提倡的，其实就正……正是人们的本性难……难于做到的；第二，人都想当……当一个被颂……颂扬的人，比如让别人称赞你是舍己为人呀，是坦……坦诚待人的人呀，是没有一点儿贪……贪欲的人呀，等等等等，但他们又知道，他们未……未必能做成那样的事；第三，他们希望别人做成那……那样的事，而自己可以不必，可这样又怕让别人看……看不起；第四，他们未必不希望自己是……是坦诚的，可又怕别人并……并不坦……坦诚，结果自己反而要吃亏；第五，他们希望所有的人都是相……相亲相爱的，可他们知道，那仅仅是一种希……希望，那不过是一种梦想罢了，因为他们自……自己就恨着别……别的什么人；第六，要么干脆就别去抱着这样的梦……梦想了，随便人们去互……互相欺瞒、互相猜疑、互相算……算计、互相防备、互相看不起又互……互相硬着头皮充……充好汉吧，可那样的话这个世界又太……太可怕了，实在是受……受……受不了；第七第八……第九……总而言之人是互相依恋又互相害……害怕的，这真是一件奇怪的事，就好像注定了南……南辕北辙，就好像喝酒，你越是对自己说别……别再喝了别再喝了别……别……别他妈再喝了，你越是喝！"

他叹口气，继续大口大口地喝酒，望着远远近近的高楼，望着一排排一摞摞亮着灯光的窗口。

A自言自语地说："我还是不能确……确定，那些窗口里是……是不是真有人。灯倒是亮着，那意思好像是说有人。但是星……星星也亮着，难道就能说……说明那儿也……也有人吗？唉，我早说过了，人是一——一种会说瞎话的动……动物，他们称赞透……透明的心，可是他们要用不……不……不透明的墙把心都遮住。"

他扶着灯杆晃晃悠悠地站起来，忽然冲着近处的那座高楼大喊。

A："嗨！嗨——让那些墙也变……变成透……透明的吧！嗨！嗨嗨——听见没有？让墙也……也变得透明吧！！"

背景银幕上映出A的幻觉——那座楼的墙壁开始一点一点地变得透明起来。

A："对，对了，就是这样！全都变成透明的吧！你们不是赞……赞美透明的心吗？那就不……不要让不透明的东……东西把我们遮挡住、隔……隔离开吧。"

背景银幕上继续映出A的幻觉——那座楼全部变成透明的了，远远望去就像一只巨大的鸽笼，一个个格子中都有人在活动。

A挥舞酒瓶，在那盏路灯下手舞足蹈，大笑着，大叫着。

Ａ："好哇，好哇，就应……应该这样，本来就应……应该是这……这样的！"

背景银幕上的一个个格子中间，人们各自做着自己的事情，互不相干，互不理会：有的高朋满座，有的对影成双，有的在引吭高歌，有的在默然独泣，有的在拥抱亲吻、情语缠绵，有的在大吵大闹、呼天抢地，有的在沐浴，有的在喝茶，有的在看电视，有的在拉肚子，有的在炒菜，有的在读书，有的在下棋，有的在报警，有的在喊喊密谈，有的在咿咿梦语，有的刚刚出生，有的就要死去，有的在为新生者祝福，有的在为将逝者祈祷……

Ａ："不，不光是这样，还应……应该让他们互相都……都看得见，让他们互……互相都能触……触摸得到！应该让他们不受那些格……格……格子的限制，应该把所……所有的墙都拆掉！哈哈，对啦，拆掉，统统拆掉！让那些墙都消失！应该让……让他们看看，大家其……其实都……都是一样的！"

于是，背景银幕上，所有的楼墙都像融化了似的消失了，所有的格子都像蒸发了一样，不见了。

Ａ："哈，棒极了，就这样就……就要这样，妙透了！这样他们就能从……从一个格子走……走到所有的格……格子里去了，这样他们就能从一颗心里走到所有的心……心里去了，这样他们就会知道了，每一个人都是平凡的，每一个人也都是高……高贵的，每一个人都是可爱的、可亲的，每一个人也……也都难免有……有时候是丑陋的、可……可笑的，其实每一个人都是孤独的、软弱的，他们在梦……梦里都是要想……想念别人的，要依……依靠别……别人的，也都是想给别人一点儿依……依靠的，可是他们平时都不说，他们害怕，不好意思，怕人笑话，好像那倒是可……可耻的，现在让他们互相看看吧，互……互相了……了解吧，让他们在没有墙的地方坦白吧，承……承认吧，承认互相害……害怕才是多么丑陋多么可……可笑的吧，害怕互相贴近才……才……才是多么可耻的吧！让他们互相坦白，他们其……其实是没日没夜地互相思……思念的呀！他们平时装……装得多么傲慢，多……多么冷静，一副不需要别人的样子，一副多……多么强悍的样子，一副多么自……自以为是的样子，一副不……不能触……触动的样子，不识人……人间烟火的样子，屁！妈的狗屁！全是假装的。其实只要把那墙都……都拆掉，你就明……明白了，他们都跟我一……一样，爱……爱别人，又……又怕别人，想要别人爱，可又怕被别人看不起，所以就喝酒，喝……喝酒，因为他……他们想走回到过去，想……想走进到未……未来，因为那样总……总比待在墙里好……好过些，所以他……他们就喝酒，对，喝……喝酒，因为他们想……想让那……那些墙都消……消失，所以他们就都喝……喝了酒，喝了很多酒，因为酒确……确实是一种好……好东西，所……所以墙就都消……消失了，他们互相就看见了，互相就能触……触摸到了，就不……不会再互……互相猜疑、害怕，和……和看……看不起了。"

A忽然呆愣着不动了。他发现背景银幕上的墙虽然已经没了，但是悬在半空中的人们依然各行其是，互不相干，互不理会：高朋满座的依然高朋满座，对影成双的还是对影成双，引吭高歌的尚未疲惫，默然独泣的已经泣不成声……刚刚出生的已在号啕，行将就木的也眼含泪水……如是等等，并不为他的期待提供佐证。

他两眼发直，浑身发抖。

A自言自语："怎么了这……这是？出了什……什么事？"

他看看酒杯，晃晃酒瓶，又干一杯，再干一杯。但背景银幕上的情况并未有任何改观。

A自言自语："见鬼，这是怎么了？"

他又干一杯，再干一杯。背景银幕上的情况反而变本加厉。

A自言自语："不行，不，不行，我……我得去看看了，我得亲……亲自去……去看看了。"

这时，远远地但不知是哪儿，管风琴奏响了婚礼进行曲。

A挣扎着离开路灯下，趔趔趄趄走，走了一圈，又回到那盏路灯下。他发现了遗忘在那儿的那封信，捡起来看看。

A："啊，一封信。"

他看见了那只邮筒，笑了。

A："谁这……这么马虎，把信塞……塞……塞到了邮筒外头了？"

他认真地把那封信塞进了邮筒。

他继续踉踉跄跄地往前走，却依然是绕着圈子，如同鬼打墙。走了好一阵子，终于两腿拌蒜，摔倒。

舞台灯熄。同时，背景银幕上的画面恢复正常，仍是万家灯火的城市夜景，仍是林立的高搂，仍是铺天盖地的墙壁，和被墙壁遮挡、隔断的万千心魂——唯在墙与墙之间来回碰撞的种种噪声，或可证明他们的存在。婚礼进行曲庄严隆重，渐渐压倒了城市的喧嚣声。

十二　时间漫游

婚礼进行曲响着，节奏始终如一，仿佛在空阔的穹顶下回旋，有嗡嗡的回声。

黑衣白发的老人上台来，把所有的道具都运下去。

舞台幽暗，空无一物。A慢慢爬起来，在舞台上顺时针绕行。

背景银幕上是A的主观镜头：晃晃悠悠地走进了刚才那座楼的门厅，磕磕绊绊地上楼梯，摸索着走过又长又暗的楼道。婚礼进行曲响着，似乎总在近旁。

A在舞台上机械地转着圈（形同哑剧）。他偶尔停下来喘口气，这时背景银幕上的画面也随之停下来。

银幕上出现一个门。

A停住脚步，敲门（哑剧的动作）。

银幕上门开了。开门的是一个老太太。

老太太："您找谁？"

A："啊，对……对不起，我……我……我……"

老太太："啊，没什么，走错门儿也是常有的事。您要是不嫌弃，就请进来坐一会儿好吗？"

老太太身后跳出好几只猫来，"喵喵"地叫着，仰起头看着A，那眼神简直跟老太太的一样。

老太太："我们家没别人，就我跟这群猫，一共九只，算上我正好十口。"

A："我只是想……想问问，是谁在结……结婚呢？"

老太太侧耳听一会儿。婚礼进行曲依旧。

老太太："那谁知道？听说现在几秒钟就有一个孩子出生，照这么说，岂不是每分钟都有人结婚？你怎么能知道他们是谁呢……"

忽然，老太太愣住了，惊愕地看着A。

老太太："请问，您是……"

A："我叫A。我曾……曾经叫B，但后……后……后来叫了A。"

老太太盯着A，半晌无言，突然痛哭失声。

老太太："你是A吗？你还活着？你是怎么回来的？……那年你死后，咱爸和咱妈都伤心坏了，得了病，一病不起。可难道，难道你并没有死吗？A，你回来了吗？真的是你吗？啊，好，好哇，你回来了就好。你要知道，我们都是爱你的。父亲母亲、弟弟和我，我们都是爱你的呀。"

A："大……大妈，您是谁？"

老太太："你怎么了，A？你叫我什么？我是你的妹妹呀！怎么，你认不出我了吗？"

A："妹……妹妹？"

老太太："是我呀，A，仔细看看我，是呀是呀，我已经老了。"

A自言自语："噢，天哪！我又走到未……未……未来里去了……"

老太太："那年你死了，七天后才被发现。"

A："可你还……还说你们是爱……爱我的。"

老太太："可你那时候整天就是喝酒，我们劝你也没用，一天到晚喝得醉醺醺的，弄得我们之间连话都说不成。"

A："是呀，我……我是个酒鬼，一个不……不可救药的人。"

老太太："A，别伤心，你到底是回来了，回来了就比什么都好。可是，我们发现你时你已经死了七天了呀，怎么你又……"

老太太仔细端详着A，端详很久，惊喜之色慢慢收敛，代之以满脸迷惑。

老太太："咦？怎么回事，怎么你一点儿也不见老呢？你怎么还是跟很多年前一样，跟你死的时候一模一样？你这是怎么回……"

老太太的表情由迷惑转为惊恐，惊恐之状不断加剧。

老太太："啊！怎么回事？你是谁？你是什么呀？！走开！你不是A。A已经死了很多年了。你到底是什么？你走开！走开——"

老太太声嘶色变浑身发抖，退步回身，"砰"地把门关上。

A想了一下，转身走开。他身后的那扇门还在"嘚嘚"颤抖，那九只猫高一声低一声地叫着。

A继续在舞台上顺时针转着圈走。背景银幕上的画面随之移动，变换。婚礼进行曲仍然不远不近地奏响着。

银幕上又出现一个门。门开着，但是屋里好像没人，到处都是书，书架林立，一层层接到天花板。

A走到那个门前。

A："请……请问，屋里有……有人吗？"

不知从哪儿，传出一个孱弱的声音："啊，当然得算有人，我还有口气。"

A（的主观镜头）进屋，在布设得近乎迷宫般的书架间寻找那个声音。镜头沿着书架间狭窄的通道推进，颠簸晃动，偶尔在某些书上停留一下，几次撞在书架上碰落了几本书。婚礼进行曲有条不紊。终于，在昏暗的墙角处出现了一个老头。老头秃顶而且没牙,半坐半卧在床上,混浊的目光看着 A。

老头:"什么事,年轻人?"

A:"我只……只想问……问一下,是谁在结……结婚?"

老头一机灵坐起来,看着 A,看了很久。

A:"对不起,也……也许我不该打扰您,不……不该就这么闯……闯进来。"

老头:"啊,不不不。A,这是你的家呀!A,不是你吗?我一直在等着你来呀。看看我,看看我是谁?"

A:"你是……是……"

老头:"认不出来了吗?是呀,我们都老了,只有你永远年轻。"

A:"你是……是我弟弟?"

老头:"是我呀,A,我已经快八十岁了,我知道你会来的。"

A:"你……你怎么知……知道我会来?"

老头:"因为你活着的时候说过,说是两大杯酒一下肚你就可以走进未来。后来你死了,死了七天我们才知道,那时我就想,要是你早已经走进过未来,那么未来,我就还能有机会再见到你,还能有机会告诉你……"

A:"告诉我什……什……什么?"

老头:"你过去说的很多醉话,也许说得都不错。"

A:"什么话?啊,我不过是信……信……信口开河,不过是酒给人的那么一点点儿自……自由,你不……不要往心里去。"

老头:"你说,当别人的影像消失,什么还能证明别人依然存在呢?唯有你的盼望和你的恐惧。"

A:"是吗?我这么说……说过吗?我倒……倒是忘了。"

老头:"你要是不喝酒,也许你本来是可以做成一个哲学家的。"

A:"哲学家?笑话,我只是喜……喜欢喝一点儿酒罢……罢了。啊,我只是想来问问,是谁在结……结婚,你没听见婚……婚……婚礼进行曲吗?"

A再次入神地听着那辉煌的音乐。老头笑了,点着头,笑了很久。

老头:"那么,你能否告诉我,人为什么要结婚?爱情!对对,你不用说我也知道,是因为爱情!大家都是这么说的。可是,爱情呢,爱情是什么?不不,不用回答,我知道你回答不了,我知道你就是因为回答不了才那么没完没了地喝酒的。可既然这样,是谁在结婚又值得你这么操心吗?你看我,我都快八十岁了,还就是一个人。因为什么?啊,因为我从来就没有见过爱情。你看看,这么多书,差不多每一本上都有'爱情'两个字,可是有哪一本说清楚了爱情是什么?现在我懂了,快八十岁了我终于懂了,这个世界上根本就没有什么爱情。"

A:"弟弟,你别这样,别……别这样。我觉得,我觉……觉得我是爱……爱你的,我从来都……都是爱……爱你们的。爱你,爱妹妹,也爱妈和爸。我爱杨花儿,我还是爱……爱……爱着杨花儿的,我相信是有……有爱……爱情的。因……因……因为那是不能没有的,爱情,如果她不在这儿她一……一……一定在别的什么地……地方,因为爱情是不可能没……没……没有的啊……"

老头:"她在哪儿?指给我看。"

A呆愣着,不断地拍拍额头。

老头哧哧地暗笑着。

A:"可那……那也许不是能寻找到……到……到的,因为她本身很……很可能就是寻……寻找。你甚至不……不能知道她到底是什……什么,因为她可能永……永……永远是一个问题。"

老头哈哈大笑,满脸嘲讽的神情。

老头:"你知道你自己是什么吗?知道因此人们把你叫什么吗?醉鬼,笨蛋,可怜虫!哈哈哈……"

老头大笑不止。

A呆愣着,默默地看了那老头一会儿,转身走开。在他身后,老头的笑声渐渐被咳痰声、擤鼻涕声取代,最后变成孤苦无告的叹息声和啜泣声。

A站在舞台中央,连连摇头。

A自言自语:"也……也许我还是应该走回到过……过去,说不定还是过去更……更……更有意思。"

他蹲下,双手捧头,很久一声不吭。忽然,他拍了一下额头站起来。

A自言自语:"就是说,我应该逆……逆时针走,那样就能走进过……过去了。"

他开始在舞台上逆时针绕行。

背景银幕上,画面亦随之改变移动的方向,移动的速度越来越快,画面让人看不清楚,并发出录像机倒带的声音。

倒带声止。银幕上又出现一个门,门开着。

A停住脚步,朝门里张望。

A的主观镜头进门,屋里的陈设很简单。镜头在书桌前停留一下,书桌上有一摞小学生的课本和作业本,树影在平滑的玻璃板上无声地移动,玻璃板下压着稚拙的图画。镜头摇起来,停留在阳台的门上,纱帘飘动,门被风轻轻推开了。镜头推向阳台,越过阳台的栏杆推向远处的风景:并没有那么多高楼,青山历历,远树如烟,落霞暮鸟,夕阳晚钟。镜头转回室内,又在一面雪白的墙前停下,夕阳的一线红光照耀着墙上悬挂的一张照片,照片中是年轻的父母和三个孩子,中间最大的男孩就是A——准确说,是B(即在前面动物园里出现过的那个小男孩)。婚礼进行曲一直不间断。镜头停在大衣柜前,衣柜的镜子里映出A的影像。

舞台上的A望着银幕上的A。

这时,银幕上,从A背后走出一个男孩子——B。镜头转向B。银幕上的B惊喜地看着舞台上的A。

B："A，你怎么来了？"

A："啊，这……这回不是你走……走进了未来，是我走进了过……过去。是A来看看B，也……也就……就是说我来看看你，看看我……我们的童年。"

B笑笑："什么A呀B呀的，你来了我真高兴。要不要我去告诉我的妹妹和弟弟？"

A："啊不，不不。"

B："那，我去告诉爸爸和妈妈？"

A："不，也……也不要告……告诉他们。"

B："可我还小，我不知道怎么招待你呀？"

A："不，不用什……什么招待，我们自己用……用不着跟自己来……来这一套。"

B："你为什么说我就是你呢？"

A："这个嘛，你还小，还不……不可能懂，我们还……还是B的时候我们都……都不会懂。"

B："那你愿意看看我画的画吗？"

A："啊，不用看，我早……早都看过。是呀，都是些非……非常美的图……图画。但是B，你最好从……从现在就有些心理准备，未来的日……日子并不都是那么美的。还有，如果它们并不……不……不是那么美的，你也不要总……总去喝酒，好吗？"

B："为什么？"

A："听我的吧，我不……不会骗你。"

B："那，你喝酒吗？"

舞台上，A转过身，面对观众。

A自言自语："是呀，这可怎……怎……怎么办？如果A是喝……喝酒的，那么B将来也就一……一定是要喝……喝酒的，他会跟我一样，什么都看得明白，可是却什么用……用处也没有，醉鬼，庸才，傻瓜，笨蛋，整天都……都在做梦，除了做梦还是做……做梦，还有什么？什么都没有，偶……偶尔从梦里孤零零地走……走出来，还不是在这舞……舞台上演……演戏？看着四周的电影，还是一场噩……噩……噩梦……"

A呆站着。

B："A，你在想什么？"

A："也许唯一的办法，B，就是你不要长……长……长大。"

B："为什么？不，我要长大，我多么想快点儿长大呀。"

A慢慢蹲下，苦思冥想状。

A："是呀，我们还是B的时……时候，我们都是这样想的。况且，我已经长……长大了，那就是说，你也一……一定要长大，一定要经历我所经历的一……一切。"

B："什么经历，能告诉我吗？也许你跟我说说，你就不会这么难过了呢。"

婚礼进行曲，越来越隆重、盛大。

A："啊，必须得有个另……另外的办法才……才行，啊，我得好好想……想一想，你让……让我好好想一想，得有一个最……最根……根本的办法，我们才能躲开那些可……可怕的经历……"

舞台上，A慢慢地欠起身，不由自主地、以戏剧的方式做出（罗丹的）"思想者"的姿势，那样子非常滑稽——一手托腮，浑身绷紧，唯屁股是悬空的。

银幕上的B先是一愣，继而哈哈大笑。

B："A，你这是在干吗？你可真逗。A，这就是你的经历？哈哈哈……A，你这样子可真丑哇！"

在婚礼进行曲声和B的嘲笑声中，A慢慢站直身体。

A："我知道了，我必……必须要走进更……更远的过……过去才行。"

A又在舞台上逆时针转着圈走起来。

背景银幕上，B的影像消失，景物随之更快地移动、变化，又出现类似录像机倒带的声音。

倒带声停止。背景银幕上又出现一个门。舞台上，A停住脚步。

镜头推进门。室内有一张带栏杆的小木床，床上睡着一个两三岁的男孩。中午阳光很安静，照耀着孩子熟睡的小脸，照耀着床栏上五颜六色的玩具，照耀着墙上的一幅照片。照片上是年轻的母亲抱着刚刚满月的孩子。镜头停留很久，可以认出这幅照片上的母亲与前面那幅照片上的母亲是同一位母亲。

镜头移动，画面继续飞快地变化，伴以录像机倒带的声音。

舞台上，A仍旧逆时针往前走。

倒带声停。银幕上再出现一个门。A驻步。

镜头推进屋。这是医院产房的婴儿室，刚刚出生不久的婴儿，一个紧挨一个躺成一排，相貌相差不多。早晨的太阳照进来，摇动的树影落在孩子们身上，轻起慢伏仿佛是孩子们的呼吸，或是他们的梦境。

倒带声。画面飞快变化。A继续逆时针前行。

倒带声停。银幕上出现一群孕妇。A驻步。

盛开的藤萝架下，孕妇们骄傲地挺着大肚皮，或散步，或闲谈，或为未来的儿女织着毛衣。摄像机逐一地辨认她们。其中一个，与前面照片上的母亲一模一样，镜头从她满足的脸上下降，降落到她高高隆起的、伟大的、可歌可泣的肚腹。婚礼进行曲声愈加高昂。

倒带声。画面飞快变化。A继续逆时针前行。

倒带声停。背景银幕上出现了婚礼的场面，一间宽敞的大厅里，张灯结彩，觥筹交错，喧声鼎沸。A驻步观望。

镜头越过众人推向新郎和新娘，他们穿着结婚礼服，正在饮交杯酒。当他们饮罢酒，抬起头来时，我们和A一起看清了他们的相貌——正是前面那幅照片上的父亲和母亲，只是要年轻得多。

舞台上A情不自禁地叫出声。

A:"爸,妈。"

银幕上的新郎新娘微微一愣,相互笑笑,相信那是自己的幻听。

A:"爸,妈,是我呀,我在这儿!"

银幕上,新郎新娘诧异地四下张望,但并没有发现什么。

A:"听我说,爸,妈,你……你们听……听我说,我只问……问你们,你们真的相……相爱吗?你们可……可知道,什……什么是爱……爱情吗?"

婚礼进行曲戛然而止,所有的声音都沉落下去,仿佛万籁俱寂。背景银幕上,大厅、鲜花、灯火和人群……一齐骤然消失,一片幽暗,幽暗的背景前只剩了新郎和新娘。新郎、新娘终于发现了舞台上的A,他们惊讶地看着这个素不相识的人。

A:"我从遥……遥远的未来来,所以我知……知道你们还……还不知道的事,这是一场悲……悲剧,因为你们并……并不懂得什……什么是爱情,你们不光要制……制造你们自……自己的悲剧,还要制造我的悲……悲剧。"

新郎新娘:"我们?我们跟你有什么关系?"

A:"你们将会看……看重我的弟弟,而轻视我。你们将……将会看重我的妹妹,而忽……忽……忽视我。那只是因为,他们更……更符合这……这个世界的要求,因为他们更会学你们的样儿去演……演……演戏罢了。"

新郎和新娘很久不说话,表情慢慢显出惊惧之色。然后,他们互相看看，转身，携手，向深处的幽暗走去，白色的婚纱飘飘扬扬。

舞台上，A 慢慢跟随（以哑剧的方式，原地行走）。

幽暗中出现了一个贴着大红"囍"字门。新郎新娘走到了门前。

舞台上 A 大喊："爸，妈，不……不要进去，你……你们不……不要进去。"

银幕上，新郎新娘转回身。

新郎："你是什么人？你到底是什么人？"

A："我是 A 呀！我曾……曾经叫 B，后……后来叫……叫 A，我是你们未……未……未来的儿子呀！"

新郎："你这个人，是不是喝多了呀？你要是再这么胡说八道，我们可要喊警察了。"

新娘："你，为什么不让我们进去呢？"

A："如果妈只是一……一味地崇拜你，服……服从你，怕你，爸你……你说，这是爱吗？如果爸只是喜……喜欢你对他的颂……颂扬、阿谀、还有什么奉……奉……奉献，妈你说，这是爱……爱情吗？"

新郎："滚，你这个醉鬼！滚！快滚——"

新郎新娘臂挽臂，走进洞房，房门"砰"地关上。

A 跪倒在那门前（银幕前），绝望地喊着。

A："我只求你们一……一件事，不要让我出生！我只求你们这一件事，千万不要在没……没有爱的时间里把我生……

生……生出来！"

影片中止，背景银幕一片黑暗。舞台上一片黑暗。黑暗中又响起 A 的呕吐声，一阵强似一阵。

十三　回家

A 的呕吐声延入此节。

舞台灯光渐亮，深夜，室内，景同第三节。银幕被黑色帷幕遮挡住三分之二，另外的三分之一上映出一面小窗。窗帘收拢在小窗一侧，窗外已是灯火稀疏，夜阑人静，树枝的暗影间有几点星光。

A 躺在台上（与第三节同样的位置），时而翻过身，趴着，狂呕滥吐一阵。

白发黑衣的老人推着运送道具的小车上台，车上一筐空酒瓶，再无其他。他像幽灵一样动作轻捷，把筐放在一个角落，把几个空酒瓶横倒竖卧地布放在 A 周围，推着空车下台。整个过程一无声响。

A 喘息着坐起来，呆望着窗外的星光和树影。

A："妈的，天又黑了。"

说罢他又呕吐起来。呕吐稍息，他惊讶地看着手中的手帕——白色的手帕染红了一大片。

Ａ："妈的，这好……好像是……是血呀。"

白发黑衣的老人上台，又推来一筐空酒瓶，布放在Ａ周围——全部动作与前一回分毫不差。

Ａ吭吭哧哧地笑起来。

Ａ："你们还……还别他妈的拿死来吓……吓唬我。别人是什……什么都不怕就……就怕死，我可不是那么回事，我是什么都……都怕，就是不……不……不怕死。"

他伸手摸到一个酒瓶，摇一摇，空的，扔到一边。又摸到一个，还是空的。他坐起来东找西找，但所有的酒瓶都是空的。他叹了口气，继而哈欠连天。一个哈欠打到一半他忽然不动了，手举在半空慢慢扭过身子，望着一个角落。

Ａ："啊，你又……又来啦伙计？来吧，来……吧，没事儿，说你多少回了，别老……老是这么鬼鬼祟祟的行……行不行？"

他原地坐着转了九十度，饶有兴致地看着那个角落。

Ａ："伙计，这一整天你都干……干吗来着？我不在家，你闷得够……够呛是吧？唉，有时候我顾……顾不上你。我好歹还算个人不是？比不得你们那……那么道……逍遥自……自在，我们得出去奔命去。其实也弄……弄不大清都是奔……奔的什么，无非是去说废话，赔……赔笑脸，干……干傻事，忙活半天，末了儿跟……跟你们耗子也差不了太多。唯独比你们多……多喝点儿酒。唯独喝……喝点儿酒还……还算是件正经事。怎么着伙计,你是不是也来……来……来上一杯?"

他又在一堆堆酒瓶中翻找起来,但酒瓶都是空的。

A:"酒,酒!快来酒!酒在哪儿?"

白发黑衣老人再次上台,这回推来一筐包装精美的酒,布放在 A 周围。

A 捡起一瓶酒,豪饮。

A:"我想问……问你一个问……问题,伙计,你们也怕……怕死吗?噢噢,我懂你的意……意思,怕!为什么?"

他一边喝酒,一边笑眯眯、洋洋自得地看着那只耗子。

A:"什么什么,不怕?好,说说看,那……那又是为……为什么?"

白发黑衣老人继续一筐一筐地往舞台上运酒,一瓶瓶色彩浓艳的美酒,渐渐摆满舞台。

A:"怎么样伙……伙计,想不大明白是不?所以你还得甘……甘心做你的耗……耗子,别他妈不……不服气。我告诉你,其实非常简单,活着是什么?对,活着就……就是一个人孤……孤……孤零零地在这舞台上演……演戏。那么死呢,是什么?还是想……想不出?你可真他妈笨!死就是回……回到后台去歇……歇一会儿,然后再……再来,所以死并……并没有什么可怕。不光不……不……不可怕,而且那时你就有……有机会换一个角……角色干干了。你甚至可以选择一个更……更可心的世界,比……比如说,在那儿用不着说废话,用不着赔……赔笑脸，用不着干你不……不想干的事。你到了后台看……看看前台，保险你得笑，你能看见谁在说真……真话，谁在装……装孙子，你一眼就能看……看得明……明白。伙计，那时候你还可以修……修改一下剧……剧本，让这个舞台更可心些。你说要有光，就……就……就有了光。你说要有真……真诚，就有了真……真诚。你说不要有差别，好，就没……没有了差别。不要有歧视，就没有歧……歧视，就没有谁看……看不起谁那一回事了。你说要……要有酒，就有了酒。你说但……但是不要喝……喝得太多，好了，你就不会喝得太……太多。你说杨花儿你不要离……离开我，于是杨花儿她……她就回来了，就不……不再离开你了。懂吗伙计？死就是这么一种改……改正错误的机……机会。现在你告……告诉我，你还怕死吗？"

　　A越说越激动，爬起来晃晃悠悠地走，踩在一个空酒瓶上，酒瓶滚动，A一跤摔进酒瓶堆中。

　　半天没有动静，半天不见A起来。

　　白发黑衣老人仍旧不停地往舞台上运酒，酒瓶、酒罐、酒坛大小不一，小不盈尺，大可容人，五彩纷呈琳琅满目，几乎把A埋在其中。

　　这时，黑色帷幕渐渐拉开，随之背景银幕上的画面忽然变化，如同第二节中A的梦境：蓝天下，一片花的海洋，鲜红的或雪白的花朵，硕大丰满，开得蓬勃烂漫，一团团一片片在风中轻摇曼舞起伏如浪，在灿烂的阳光下直铺天际。在辽阔的花海中，出现了杨花儿的身影，她从遥远的天边慢慢走来。

舞台上，A从酒瓶堆中缓缓坐起，痴呆呆地望着银幕，望着花海中的杨花儿。

银幕上，杨花儿继续走近，直到她微笑的脸部特写占满银幕。

杨花儿："A，不要再喝酒了，好吗？"

A："杨花儿，你回……回来了，我知道你一……一定会回……回来的。"

杨花儿："不，我还是要走的。"

A："走？到……到哪儿去？不不，你别走，要走也……也是我应该走。我知道你没……没有家，这个家永……永远都是你的，我可以住到随……随便什么地……地方去的。杨花儿，你回来吧。我去找……找你，找了你一整天，不不，找了你好……好多年了，就……就是为了把房门的钥……钥……钥匙留给你，我知道你没有别……别的地方住，别的地方都住……住满了人，他们不会让你住……住下来的。"

杨花儿："不，我来，是想带你一起走的。"

A："带我一起走，真……真的？"

杨花儿："当然真的。"

A："那，咱们去……去哪儿呢？"

杨花儿："去你最想去的地方，去你好多次在梦中对我说起过的那个地方。"

背景银幕上再次映出辽阔的蓝天、花海。有哕哕的马嘶声，但不见马。

　　A慢慢站起来，走向银幕。

　　杨花儿："但是有一个条件。"

　　A："什么？"

　　杨花儿："不要带酒，扔掉你的酒，全都扔掉。"

　　A看看满台的美酒，有些舍不得。

　　A："杨花儿，让我少带一……一点儿行……行不行？你知道吗，当你不……不在我身边的日……日子里，是它们陪……陪着我的呀，现在我要到那么好……好的地方去，我怎么能甩……甩下它们呢？"

　　杨花儿："不，要么你跟我走，要么你跟它们在一起。"

　　A："杨花儿，你听……听我说……"

　　银幕上，杨花儿已经背转身去。

　　A："好好，杨花儿，我……我跟你走。"

　　杨花儿又转回身。这时银幕上出现了第二个A——就是说，我们同时看到了两个A，一个在舞台上，另一个走上了银幕。

　　银幕上的A走到杨花儿跟前，非常简单非常轻易地就拉住了杨花儿的手。

　　杨花儿："A，你的手怎么这么凉呀？"

　　舞台上的A："啊，没……没什么，杨花儿，我到……到底是又摸到你了。你的手这……这么暖和，这么真实。我真怕你忽……忽然又……又变成电影。"

　　杨花儿："变成电影？"

银幕上的 A 使劲攥着杨花儿的手，摩挲着。

舞台上的 A："是呀，有好……好多回，我刚要碰……碰到你，你就变……变成了电……电影，我只摸到了一层布，布后面什……什么也……也没有。"

杨花儿："现在呢？是真的了吗？"

银幕上的 A 激动得热泪盈眶。

舞台上的 A："是，是……是真……真的了，这……这回总算是……是真的了。"

杨花儿："那咱们走吧。"

舞台上的 A："我梦里对……对你说的那个地方，你找……找到了？"

银幕上的 A 向远处张望。

杨花儿："不，你在这儿看不见，在地平线的那边，在你看不见的地方。"

银幕上的 A 和杨花儿挽起手，走进花海，走向天边。

舞台上的 A："喂，杨花儿，你等一等，怎么回……回事？我呢？我……我在哪儿？这是怎……怎么回事？怎么我跟你走了，可我却还……还……还在这儿？！"

A 在银幕上摸索着，好像要找到一个门——可以进到电影里去的门。银幕随之晃动起来。

银幕上的 A 和杨花儿却只管朝天边走去，不顾到舞台上的 A 的叫喊。

舞台上的 A："杨花儿，那不是我，那个我可……可能

277

不……不是我，杨花儿，我在这儿，我进不去，那个我进……进去了，可这……这个我怎么还……还在这儿呀……"

银幕上的A和杨花儿已经走远，好像根本听不到舞台上A的叫喊。

舞台上的A："杨花儿！回来，回来呀——你是说要带……带我走的呀，可我怎么还……还是在这儿呢？杨花儿，快……快回……回来吧……"

银幕上的A和杨花儿越走越远，蓝天花海中他们相依相伴，飘动的衣裙和跃动的身影渐渐隐没在地平线那边。

舞台上，A呆若木鸡。

呆愣良久，他忽然又呕吐起来，吐的完全是血。他冲着银幕干咳，呕吐，银幕上也溅上了鲜红的血，与盛开的鲜花混淆难辨。

他小心翼翼地摸摸幕布，然后捻动手指，体会着手指上的感觉。

A："妈的，好……好像还……还是一层布哇？"

他再摸摸幕布，继而揪一揪、拉一拉，幕布大幅度地晃动起来。

A："是，是，还是他妈的一……一层布！"

他扑向银幕，又踢又打，又喊又叫。

A："杨花儿回……回来，回来！回来呀——你为什么总……总是抛……抛下我？那边是什么？告诉我，那……那……那边到底是什么？"

他抓住幕布，又撕又扯，又揪又拽……终于力气用尽了，生命到了尽头，他摔倒了，一声不响地倒下去。但他抓住幕布的手并未松开，随着他摔倒在地，银幕轰然坠落。

我们看见了后台：空阔，昏暗，杂乱，所有刚才用过的以及刚才并未用过的道具都堆放在那儿。比如说，我们可以从中认出一张石凳、一只邮筒、一盏路灯，以及运送道具的那辆小推车。更多的是我们不曾见过的道具，堆积如山。

昏暗中有什么东西动了一下，原来是那位白发黑衣的老人，他独自坐在道具堆中，正平静地饮酒、捋髯，饮得很慢，很有节奏，动作沉稳，神色泰然。

老人就这么旁若无人地自斟自饮，很久。

直到台下的观众有些耐不住了，烦了，起疑了，老人才慢慢站起身。老人打开那只邮筒，从中掏出一封信——就是第十一节中 A 扔进邮筒的那一封。然后他朝前台走来，走到 A 的尸体前，漫不经心地看了看，绕开，走到舞台前沿，向观众展示那封信。

那是一个没有写地址也没有写姓名的信封，雪白的信封上一个字也没有。

老人随即谢幕。老人不断地鞠躬，鞠躬……

当性急的观众起身退场时，老人低头看看 A，说了一句话。

白发黑衣的老人："这要等到七天之后，才会被人发现。"

十四　后记

我相信，这东西不大可能实际排演和拍摄，所以它最好甘于寂寞在小说里。

难于排演和拍摄的直接原因，可能是资金及一些技术性问题。

但难于排演和拍摄的根本原因在于：这样的戏剧很可能是上帝的一项娱乐，而我们作为上帝之娱乐的一部分，不大可能再现上帝之娱乐的全部。上帝喜欢复杂，而且不容忍结束，正如我们玩起电子游戏来会上瘾。

一九九六年三月二十五日